锐
小说

玛瑙纪

黎子 著

南方出版传媒
花城出版社
中国·广州

图书在版编目（CIP）数据

玛瑙纪 / 黎子著. -- 广州：花城出版社，2022.3
（锐·小说）
ISBN 978-7-5360-8950-1

Ⅰ．①玛… Ⅱ．①黎… Ⅲ．①中篇小说－小说集－中国－当代②短篇小说－小说集－中国－当代 Ⅳ.
①I247.7

中国版本图书馆CIP数据核字(2021)第237425号

出 版 人：张　懿
策划编辑：文　珍
责任编辑：周思仪　王梦迪
技术编辑：凌春梅
封面设计：棱角视觉 ANGULAR VISION

书　　名	玛瑙纪 MANAO JI	
出版发行	花城出版社 （广州市环市东路水荫路11号）	
经　　销	全国新华书店	
印　　刷	佛山市浩文彩色印刷有限公司 （广东省佛山市南海区狮山科技工业园A区）	
开　　本	880毫米×1230毫米　32开	
印　　张	7　2插页	
字　　数	126,000字	
版　　次	2022年3月第1版　2022年3月第1次印刷	
定　　价	38.00元	

如发现印装质量问题，请直接与印刷厂联系调换。
购书热线：020－37604658　37602954
花城出版社网站：http://www.fcph.com.cn

目 录

玛瑙纪	1
母　河	25
磨刀的男人	61
彩　礼	85
女王之舞	125
桃花浴	151
去南方	179
写作是一种深度造梦（后记）	215

玛瑙纪

黄土高原，像一个人的心脏。

所有的苦难从这里出发，所有的曙光也终将在这里抵达。

我的故乡，在一座飞马蹄形的大川里，名唤作玛瑙川，川底一条藏绿色河流穿肠而过，叫作玛瑙河，河边向西打弯处有一棵千年杜梨树，枝尖生刺，老根盘踞，杜梨树背后就是玛瑙川最高的山峰，玛瑙山。玛瑙山旁边矗着一座黄土流蚀而成的土箭，与山同高，状如宝塔，傲然挺立，直指苍穹。川里人说这土箭下压着一柄镶玉宝剑，镶的是一块剔透玲珑的红翡玛瑙玉，还说这宝剑是镇川之宝，宝塔向上长一尺，那宝剑必然要长一寸，相生相长，风雨齐虹。玛瑙川的人年年要在河堤上隔岸叩拜宝塔土箭，祈求禳灾辟邪，五谷丰登，后来还在宝剑近旁盖了一座龙王庙，庙里供着黑水龙王。自此，那土宝塔在玛瑙川就与龙王爷平起平坐了。

那年,我七岁,还没开始进学校读书,整日掂着长鞭去山上放羊,白绵羊,黑山羊,混作一堆,被长皮鞭吹着口哨追赶着满山遍野地跑,一团团白色云朵,和一团团黑色云朵也挤着攘着漫山漫野地跑。

我常站在半山腰的山嘴上,看山下学校操场上迎风飘扬的五星红旗,那是我眼中最美妙的景色,我喜爱五星红旗,就像喜爱那座土墙木板门学校一样。彼时,我最大的心愿就是进学校念书,从学前班开始念,把双手整整齐齐地叠在桌面上,看老师在黑板上用白色粉笔一笔一划写下"白日依山尽,黄河入海流"的诗句。我知道老师会教这一句。更小的时候,我被表姐偷偷带进过教室里,钻在她的桌子底下,我看见那个戴眼镜的小胡子老师站在讲台上一遍遍诵读这首诗,下课铃声敲响之后,他叫表姐站起来背诵这首诗,表姐憋红了脸蛋,背不出来,我就从桌子底下钻出来,看着他的眼镜大声地背了出来。小胡子老师用教鞭敲着讲桌,夸我背得好,还奖励了我一颗水果糖,转回身,却勒令表姐以后不许再带还没入学注册的娃娃进学校里来。

外奶奶答应我,明年夏天,等我满八岁了就送我进学校念书,和表妹铃铃一起去。"你妈会给你买新的书包和铅笔盒回来的,有了新书包你就可以念书喽。"外奶奶不止一次这样跟我讲。

可是我不相信母亲会买新的书包回来，我已经等她等了两个夏天，我迟迟等不到我的新书包，只等到一些花花绿绿的裙子。我把放羊鞭子竖在手里，大声地哭着质问她，"我的书包呢？你答应我的书包呢！"母亲总是忘记，她总是忘记她的女儿最需要的是一个粉红色的小书包，她不知道她那些五颜六色的裙子在我的眼里不过是一堆破布而已。

母亲在我的印象里很稀疏，是接近荒芜的底色，我几乎记不清她的样子，只知道自出生起我就被寄养在外奶奶家，母亲每年夏天回来看我一次，身上总穿着一件红色水衫，在日落山头时匆匆离去。

那一年，玛瑙川还发生了一件稀奇事，一个城里姑娘嫁到了玛瑙川来，这在玛瑙川的历史上几乎是前所未有的。外奶奶说，我们玛瑙川的风水属阴，滋女不养儿，川里长成的女子各个聪慧佻挞，能够远走高飞嫁个好人家，而川里土生土长的娃子就不行，你别看他们个个膀大腰圆，力能扛鼎，却注定了娶不上好媳妇。你看你那十四个舅舅，娶的媳妇不是歪瓜裂枣就是脑子缺根弦儿，都是从川上面的平原上嫁下来的。长大后我才懂得，玛瑙川虽是青山绿水，物产丰富，但毕竟是个川，在"沟底"，地形上不占优势，人家平原上的好女子怎么会平白无故地"下嫁"呢？只有方圆五百里那些嫁不出去的女子，才会手帕掩着面，眸里眼泪打着圈儿绕过山路十八弯，来到川底，生儿育女。

可是五奶奶张梅子就给她儿子娶了个城里媳妇，舅母婶婶们都惊讶死了，围在窑洞门口纳着鞋垫儿就嚷嚷开了：你们说张梅子家穷得全家人只盖一床被，还能娶得起城里媳妇？不定又是个缺胳膊少腿的吧。

办喜酒那天，我拽着外奶奶的手跟了去，我想去看看城里女娃长啥样儿，漂亮么，有没有我月牙姐姐好看？月牙姐姐是村里最好看的姑娘，去了城里，上过电视，现在已经嫁给陕西一个有钱的大老板啦！我主要还是想证实一下，舅母们的猜测是否正确，新媳妇是不是真的少一根胳膊或者腿？

新娘子进门来了，是被大宝川舅舅背着进来的，身后跟着大群哄闹着娶亲的人，金黄色的绸缎布条垂下来，掩住新娘子娇红的脸。木大门太矮了，大宝川舅舅太高了，两串红鞭炮被高高挑着噼里啪啦在新娘头顶炸响，新娘子头一歪，被磕在门楣上，只听见新娘子嗷嗷叫了两声。五奶奶吓坏了，赶紧扑挞着跑过去，用掌心旋磨着轻声哄着，新娘子抿着嘴，也没生气，安安生生把天地拜了。

拜天地的是小玉马，他一身崭新的深蓝西装，身上裹着两条流光溢彩的绸缎被面儿，胸上别着大红花，摇头晃脑，神气极了。他的目光贪婪地在新媳妇身上射来射去，我的眼睛也不餍地在新娘子脸上瞄来瞄去，真是好看呐！跟月牙姐姐一个模样的漂亮。可那新娘子眼神怯怯的，人群里带着受惊的慌乱，像极了被鞭子抽打时我的小羊羔的眼神。

我跑过去,紧紧抱住外奶奶大腿,拽住她的花衣袖,"外奶,我想吃糖。"旁边正跟外奶奶说话的五奶奶张梅子笑了,口袋里掏出一颗喜糖眯眯笑着塞进我手心。我轻轻剥开那个翠绿色塑料糖纸,把一颗光溜溜的水果糖挑在舌尖尖上,舔一舔,听见五奶奶说:"是啊,长得挺俊俏的,就是说话有些不清楚,说是小时候得过病,舌头烧坏了。"酸甜甜的味道一下子触满整个舌苔,哈喇子被酸得顺着舌尖滑下来,我听到这句话,一个激灵,赶紧把舌头吸回来。

"哟——哟,可惜了!"外奶奶点着头叹息。

"娘家还挺有钱的,女子她爸在机关单位上班,兄弟姊妹好几个,她是老大。听说生下来好好的,十七岁念高中,大学没考上,发了一趟高烧,人醒过来说话就不利索了。医院看遍了治不好,正月十五带着去看庙会,问神,神问她妈,女子是不是叫美玉?这女子好像叫什么'美穷',我还想不来,哪儿有人起名叫'穷'的是不?反正意思也是一块玉。她妈心里一想,赶紧连连点头,说是是是,就是美玉。神说你女子原本是一块玉,如今遭难,玉裂了,董志塬东南方向上有一个玛瑙川,那川里有玉石镇压,风水奇佳,你家女子归宿就在那儿。"五奶奶手叉腰,媚笑着,"你说巧不巧,我三表妹刚好和这家人认识,这不就说媒来了,我家碎娃小玉马没媳妇儿,刚刚儿的,天作之合呐!"

"为什么不是大宝川舅舅,大宝川舅舅不是也没娶亲吗?"我嘴快,一下子问出了口。没想到外奶奶反手就抽了我一嘴巴,喝住我:"乱说话!你个小屁娃娃,懂个啥!"

眼眶里涌出泪水,吧嗒吧嗒落下来,我感觉委屈极了,在我心里,我明明就是觉得大宝川舅舅跟新娘子更配一些嘛!我转身钻出外奶奶的手掌缝儿,头也不回地跑回家去了。

晚上,外奶奶踏着月光回家来,轻轻摸上炕,哄着躲在被窝里的我,又变出一把糖果来塞进我的被角。我看着月光下发着光彩虹般的水果糖,心里早就不生气了,可依然板着脸,嘟着嘴巴翻身装作睡过去。外奶奶有时候会打我,但那都是在我弄坏了东西或者把羊儿跑丢了的时候,这还是第一次在外人面前打我,我觉得太丢面儿了,于是心里暗暗决定跟她冷战。背过身去,不理她。

外奶奶把我的手攥在她手心里,月光下轻轻拍着我的棉被。

"我知道你嫌外奶冤枉了你,你心里想着大宝川舅舅跟新媳妇更适合些,她长得好看,大宝川身材魁梧,也好看,不像小玉马那溜嘻耍滑的二杆子样儿,大宝川还没娶媳妇儿咋就给小玉马娶了?可这种话你自己心里想想就好了,不能在你五奶奶跟前说。你忘啦,你五奶奶几年前给大宝川抱养了一个小女娃瑶瑶,有了瑶瑶,大宝川就是不用结婚也成了,反正将来有女子给他养老送终。你五奶奶家穷,娶不起媳妇，今儿个误打误撞能娶回来一个已经不错了！人生在世，不如意十之八九，没你想得那么简单，珊珊。"

月光朦朦胧胧的，我手心里紧攥着水果糖，望着天窗外皎洁如童话的白色大月亮，人生第一次感觉一些莫名冰凉的根须长进我心里去了，我有些难过，泪水顺着枕头落下来，缓缓地，滴进月光里，看不见了。

初秋，天公把仙女染布的颜料朝着玛瑙川浓墨重彩泼洒下来，山草树木都扎染上斑斓的颜色，河水碧漾碧漾的，半红的青枣挂在树梢，漫天漫地的高粱红了，胡麻地里一片焦黄，稻草人张着臂膀在田野上迎风挥袖，真真的跟书本里的秋景图一个模样。我偷来表姐的美术本跟画笔，坐在山腰上，把我眼皮子底下汪洋一片的彩色野花跟白色羊羔都画进我的画里来，望着对面的玛瑙山痴痴地坐着，也不知道明年九月什么时候才能来。

身后响起咯吱咯吱的笑声，我转身，是小玉马的新媳妇。她穿着一件粉色的小短衫，头发剪得极短，歪着头，对我笑。

我知道她不会说话，也对她笑笑，邀她坐下。

"你也来放羊？"我看着她手中的木藤条儿，诧异新娘子怎么也出来放羊？五奶奶家也真是的，一个像样儿的放羊鞭子都没有。

她点点头，我看见她身后只有两只低头耷耳的花绵羊，毛色干枯，尾巴卷曲，一看就知道没放好。我喝了一鞭子，把那两只绵羊赶进我的羊群里。

"让它们跟着我的羊吃草去吧,我的领头羊知道山上哪儿草茂。"我对她说。她羞涩地笑着,点点头,走过来挨着我坐下,拿起我的画,看了半天,对我竖大拇指,嗷嗷地叫着。我知道,她的意思是夸我画得好。

她又拿起那张画,左手掂着,右手指着画中的图景,又指指对面的玛瑙山,指指山下绿色的玛瑙河,手指打着圈儿,眼睛睁得奇大,嘴里发出"zhi——zhi——"的声音,我看不懂她在说什么,被问得烦了,一把夺过那幅画,随便找句话说下去,"你是问这幅画叫什么名字吧?这幅画,我们就叫它《九月的玛瑙》吧,你知道吗,明年九月我就要上学去了,就在山下那座学校里,上了学我就不用再放羊啦,上了学我就是大孩子了,你高兴吗?"

"呜啦——啦——"她狠命地点着头。

我们拉手在山涧上跳起舞来,黑色山羊跟着白色绵羊绕在我们周围,咩咩地叫着,蹦跳着。嬉闹间,一块透亮玉石从她衣领里跳出来,一根红绳子系着,簇在光洁的脖颈上,莹白中泛出几点淡绿色光芒,可爱至极。"哇,你带着好大一块玉啊!"我扑过去,将她的玉捏于掌心,凉凉的,像玛瑙河水漫过手指缝隙。

"是玉吧,看起来好漂亮,川里女娃娃都爱戴玉,但没人比你的更好看嘛!你看我的——"我将左手腕伸到她面前,"只有几颗玛瑙珠子串成的手链,我妈给我串的,我从出生起戴到现在。你戴这么大一块玉,你的名字也叫玉,这该不会是你的护身符吧,我看电视里都这么说。"

"呜呜——"她显得很高兴,嘴角咧得很大,极力点头,将她的玉又杵到我面前,给我看,像是显摆似的,一会儿,又藏回到衣领里去了。

"你不用藏起来,我是不会要你的大玉佩的!"看她如此小气,我有点生气,拾起鞭子赶着羊群往另一个山峁去了。她跟在我身后,小跑着,欢欢喜喜笑着,摘下山洼上的野花扎作一束,送给我,我也就不别扭了,像大人那样很宽宏地原谅了她,相互献花,重归于好。

那个秋天,我们经常一起上山放羊,羊儿在山坡上吃草的间隙里,她总是捧一堆花丝线在那里扭扭捏捏地绣香包,玛瑙川的女人果然都逃不过刺花绣鞋垫这一劫啊!我摇摇头,在看书的空隙里,抬起头指导她:"你这里的针脚错了,绣花瓣应该要走反针,绣出来的花儿才饱满鲜活。"有时候看得着急了,会一把抢过她的针线活,飞针走线地绣好了交给她。她羡慕地看着我,一脸崇拜。

我一脸收纳不住的得意,是啊,我刚学会走路就跟着村里的女人学绣花,成天钻在针线奁里长大的,你拿啥可以跟我比嘛。

那是我成长岁月中最漫长的一段寂寞时光,有一个不会说话的女人在山峁上陪我坐着,看过苍蓝色狭窄天空下最曼丽的云朵。

那个秋天赤蓝金黄的外衣就这样慢慢褪去了,冬天来了,寒流在玛瑙川上空悬着,一步步逼近,山上覆盖了厚厚的一层大雪,羊儿再上不了山,我整天钻在窑洞里的热炕上跟着外奶奶学绣枕头,听说小玉马舅舅的新媳妇怀娃了。

舅母们聚在一起的时候,总在猜测那新媳妇的肚子里能生出个男娃还是女娃,生出的娃儿会不会说话。渐渐地,她们开始在背地里叫她哑巴,打趣她男人似的短发。粉娥舅母把针头在头皮上捋了捋,提高嗓门说,"听说张梅子不顺意哑巴的长头发,说眼睛瞟来瞟去能勾死人,一剪子给剪了,叫她再勾人!你们说一个哑巴能勾谁?又不会说话,光一个眼睛,神了还!"

"除了他们家大宝川,还能勾引谁!"润香舅母一句话,惹得全窑的女人都笑了。

可我觉得她的短发挺好看的,最起码比这一箩筐的女人们都好看。她看起来很年轻,更像我的姐姐,我不叫她舅母,跟她在一起的时候,总是叫她美玉。可是在人群里的时候,不得不跟着大家一起,叫她哑巴。

第二年九月,我终于如愿以偿地要上学去了。书包是我早已经准备好的,橘红色双肩包,隔层的小袋子拉链坏掉了,我用细丝线密密地缝好。书包里装了抹掉名字的田字本,湖蓝色铁文具盒,文具盒里有两支削得尖尖的铅笔,铅笔一头刻着蝴蝶花纹,翩翩欲飞的样子。这项巨大的准备工作我从两年前就已经开始了,东西嘛,当然都是从我表姐那里悄然无声搜罗来的,表姐马虎,写字也不用心,丢了铅笔本子,她当然不会发觉的。

表妹铃铃的书包文具都是新新的,她外公从城里买回来送她的,我有点羡慕,她的书包上挂着大眼睛卷头发的洋娃娃,我的没有。我就趁她半夜睡着的时候,偷偷爬起来,偷走了她两块彩色橡皮,捏了一把她的洋娃娃。反正她问起来,我不会承认是我干的。

教室是两个年级合用的,左边靠墙排着五张红漆长木桌,坐着四年级的学生,两个人一桌,表姐就是其中的一员。我和表妹坐在右边第二排的位置,是学前班新入学的学生。第一节课,一位年轻的男老师在黑板上分别写下我们的名字,要求我们照着写,第一天必须学会写自己的名字。

"吴珊珊——"

"吴"字我写得最好,一块豆腐下面一棵倒长着的草,可是后面的两个字,我没看清楚老师写字的笔画,而且那天老师写的字也潦草,"册"字的两只脚连在一起,我根本分不清谁是谁,只好硬着头皮照猫画虎写了半节课,恨自己的名字太难写了。下课的时候,表姐班的学习委员走过来拿起我的本子看,笑着说我的字写得太马虎了,都快写成"圳"字了。我低下头,羞赧红了脸。她教我一笔一划重新写自己的名字,我噙着眼泪,把颤抖的铅笔头拼命往本子上按下去,再按下去。

人生中第一节课对我的影响很深,我想,这可能就是为什么到如今我依然字写得奇丑的原因,也是我不怎么喜欢自己名字的原因。

一个冬日的清晨,外奶奶蒸了点红的五彩老虎馍馍,用竹篮提着,要去探望五奶奶家新降生的小孙子。我挽着外奶奶的手,穿过薄霜莹莹的垄畔小道,太阳从东方山头上升起来,挂在一棵酸枣树上,薄雾散了,风干的红酸枣在日光照耀下,亮晶晶的,像红宝石耳坠子。

美玉躺在一口面朝西的小窑里,炕头紧挨着纸窗户,风赶得急,窑洞里凉飕飕的。我跟外奶奶走进窑里,美玉羞怯地坐起身来,头上绑着一圈灰色布条,身上穿着桃红色袄袄,看起来污垢很重。她往炕角挪了挪,用手拍拍炕边,示意我们坐上来。外奶奶摇摇头,说不上来了,就来看看娃。外奶奶说着便掀开了那个裹着婴儿的小被子,我伸头过去,使劲儿看了一眼,却不想被那深刻的一眼吓哭了,撒腿跑出了窑洞。这哪里是个小娃娃,简直就是个,是个——就不是个人的样子嘛!通脸的赤红,嘴窝奇大,眯着眼睛,与其说是一个婴孩,不如说是个猴子。我捂着剧烈跳动的心,生怕它跳出来。外奶奶从背后走过来,摸摸我额头,"瞧你那怂样儿,娃娃刚生下来都长这样,过了满月就好了。"

外奶奶带我去五奶奶的窑里,掀开厚厚的布门帘,五奶奶正坐在炕上给瑶瑶梳辫子呢。瑶瑶只有两三岁的模样,脸蛋粉粉嫩嫩,真是可爱。

我记得她,记得瑶瑶,也是两年前这样的一个日子,外奶奶带我来五奶奶家。五奶奶家炕上放了一个小包裹,里面裹着一个熟睡中的小婴孩,脸蛋儿饱嘟嘟的,发丝漆黑,我摸一摸她的小手,真绵真软呀!那时,五奶奶转身问外奶奶,长得心疼人吧!我外甥女的第三个女儿,计划生育抓得紧,不敢要,我抱了回来,给大宝川做女子,咋样?"

"好着哩,好着哩!"外奶奶摸着小娃娃的脸蛋说,"赶明儿我给碎女娃做双小布鞋,你们家羊奶要是不够喂,就到我家来,让珊珊帮你挤,我家奶羊多。"

一转眼,小瑶瑶都长这么大了,我也已经是开始上学的大孩子了,她跟我一样,见不到妈妈。突然的,一种酸涩的滋味迷蒙了八岁的我的眼睛。

"咋了?你哭啥子?"五奶奶拉着我的手问我。

"没啥,可能是没见过刚生下的小娃娃,刚刚有点给吓着了。"外奶奶说。

"哟——你还说珊珊被吓着了,我都被吓着了,你说谁家生下的娃长那个样子?尖嘴猴腮的,瘆人得慌。"五奶奶一把拉起外奶奶的手,描述起美玉生产当天的情景,面部表情如风雨雷电,变化万千。

"没事没事的，刚生的，兴许过了满月就好了，都说丑娃娃长大变乖娃娃，慢慢就好了。"外奶奶安慰着。

临走，外奶奶问五奶奶，"东边窑咋不给挂个窗帘子，月子里不能受寒冷，小心把媳妇身子吹坏了。"

五奶奶嘴噘得老高，向着东边窑高声喊，"我还给她挂个窗帘子？我偏少那一尺半丈的布幔子，她倒是好好儿给我生个孙子咪！"

外奶奶摇摇头，转身拉着我走了，回家翻箱倒柜找了一床好几年前的印花布，指派我说，"这是几年前出嫁你妈时裹了刺绣盒的红布，给你五奶奶家送过去，给说说，挂个窗帘。"

我点点头，夹起印花棉布跑得飞快。

我跟美玉就这样断断续续地见着面，进学校念书之后，我越来越少上山放羊，也愈来愈不愿意在村子里碰见她。村里的男女老少都叫她哑巴，我也跟着喊她哑巴，她只是嘻嘻笑着，也不恼。她的儿子渐渐大了些，会满地的跑了，很庆幸终于没有长成尖嘴猴腮的怪模样，脸蛋是脸蛋，嘴巴是嘴巴，眼睛是眼睛，虽然不算个分外漂亮的小娃娃，但也是个正常健康的小活泼蛋儿。五奶奶给取了个名字，叫贝贝。

一天，我们一堆娃娃藏在废弃的窑洞里烤青蛙，铁罐子是我从家里偷偷带出来的，做成小灶台的模样，青蛙是男娃们下河滩里抓的，一只只剥掉皮，搭在火架上火烧。

火焰升起来，青蛙肥硕的腿在跳动的火焰下滋滋冒油，女娃娃都没吃过烤青蛙，围在旁边跃跃欲试，可哥哥们不给我们吃，说吃了会变丑，长成青蛙的样子。我们都怕，不敢吃，但看到他们吃得满嘴流油的样子，又想尝一口试试。我央求隔壁成成哥给我一块，最后被缠得没办法，成成哥撕了一只青蛙腿给我，我掂在舌尖上舔了舔，油腻腻的，没什么特别的香味，有些失望。成成哥问我好吃吗？为了讨好他，我点点头，欢喜地说，好吃，好吃呢！

五奶奶家瑶瑶走过来拽拽我的衣袖，眼巴巴望着我。"她也想吃。"我说。"不能给她吃！"成成哥喊住我，"瑶瑶才三四岁，要是吃得拉肚子，张梅子那老妖精又要打断我们的腿。"

瑶瑶是五奶奶的掌上明珠，一对大眼睛，黑溜溜地转，漂亮极了。但因为五奶奶的原因，川里娃娃都不敢跟瑶瑶耍，每次瑶瑶玩耍回家，衣服脏了她也要找我们理论，嚷嚷着要打断弄脏她宝贝孙女衣裳的小王八，久而久之，我们不得不对瑶瑶避而远之。

瑶瑶是家里的公主和小皇后，常常被我们冷落后，就回家折腾贝贝和哑巴，哑巴对她唯命是从，俯首称臣呢。那天，瑶瑶因为没有尝到青蛙腿，委屈极了，眼眶里浸着眼泪跑回了家。

第二天清早，五奶奶家传出狼嚎般的哭叫声，是五奶奶用烧火棍打了哑巴。听说哑巴前一天晚上不睡觉，跑到河里去抓青蛙,第二天早上五奶奶一揭锅盖,只见煮着满满一锅乌泱泱的青蛙,有几只还在锅里游泳,吓得五奶奶刚收的鸡蛋都磕在地上打碎了。

我知道哑巴为什么摸黑下河抓青蛙,但那个时候我真的太胆小了,不敢站出来为她说一句话,更不敢告诉外奶奶,我跟着隔壁的男娃一起吃过青蛙。那些天,整个玛瑙川的人都在流传这件事,他们说哑巴可能要疯了罢,怎么好端端个人把青蛙煮进锅里去?张梅子好福气,从此不用买肉吃了嘛!

我不知道哑巴会不会疯,只是从那以后,我再也没有跟成成哥他们一起架火烤过青蛙。我也很少和他们一起出去耍了,我把更多的时间花在了学习知识上。那段时间,我一下子学会了好多汉字,能够背诵几十首唐诗,已经开始在小本本上学着写日记,放学后在山顶上放羊的时候,就着金灿灿铺撒下来的夕阳,把自己幻想中的故事郑重其事地写在本子上。

一个冬夜,我趴在厨窑的炕上写寒假作业。写得正起劲,突然的,哑巴走了进来,我家的炕头很高,她屁股上用了很大的劲儿才扭到炕沿上来,挨着我坐着,不说话。

我有些别扭,抓起本子,随便问了她一句,"哑巴,你会写字吗?不会写字,你看我写字做什么?"

没想到哑巴嘿嘿地笑了,抢过我本子,半个身子趴在炕上,一笔一划,在本子上写了三个字。

苏美琼。

她写好了，拿起来，指指本子上的字，又指指她自己的脸，一脸欣悦。

"苏美琼——你的名字？"我惊讶。

"嗷——"她手舞足蹈，点头在笑，又弯下身，在本子上写了好多人的名字，珊珊，瑶瑶，贝贝，玛瑙川……

我多么好奇，为什么哑巴会写这么多的字，却嫁到了这种地方来？村里的女人都不会写字，只会绣花说闲话，她们在我眼中都是可悲可怜的庸庸之辈。那个时候，会写字的人在我的眼里有不一样的位置，会写字代表着有知识，知识在我心里是分外神圣的，带着五光十色的光芒。要是哑巴会说话就好了，我在心里想，哑巴会写这么多的字，一定也会讲很多故事。

灵机一动，我在纸上小心翼翼地写："你喜欢小玉马吗？"那时，我跟姊妹们天天守在电视机旁看《情深深雨濛濛》，已经懂得什么是爱情了。

"呜呜——"她点点头，又摇了摇，羞红了脸，背过身去，不说话了。

"哎呀，你扭捏啥嘛！"我把本子递给她，示意她在上面写字，她推搡着，后来扭不过我，把本子接过去了。

她捏着笔头，半天，不写一个字，我生气了，吵着要

抢过本子来。她求饶着,终于,缓缓地在本子上写下一行字:

我喜欢过一个人,我们上学的时候,坐同桌,他教过我,吹口琴。

"哇,吹口琴,真浪漫,他长得好看吗?"
她不说话,转身跳下炕,跑出去了。

童年的时光,总是悠长而匆忙,像踩在门槛上的晌午的阳光,欢欣跳脱却捉摸不定,一恍惚就看不见了。很快,我从玛瑙川小学毕业,去到平原上念中学了,我不再常见到哑巴,后来很多次见她,发现她脸上的光泽褪了下去,黑垢黄痂爬上脖颈,一头短发乱蓬蓬散着,像移动的鸟窝。周末放学回家的山坡上,我常常看见她在黄昏时分的村子里游荡,顺着玛瑙河回溯到上游,走到那棵杜梨树近旁,再返回来,沿着河岸漫步,左耳旁插着一枝路旁的野花,黄色小雏菊或者赫然怒放的山丹丹。

整个玛瑙川的女人都说她有些痴癫了,每个月总有那么几天要去到玛瑙河里脱光了衣服洗澡,大寒天也不例外,一次,玛瑙川大雨发洪水,差点把哑巴冲走了。

哑巴又怀孕了,生了一个女儿,叫星星。润香舅母她们说星星不是小玉马的女儿,是大宝川的,秋天收苞谷的时候,她们看见大宝川把哑巴压倒在玉米地里,玉米秆子都哗啦啦压倒一片。"就是嘛,你们看张梅子就是鬼机灵的,娶一个媳妇当两个用,把人不逼疯了才怪哩!"

可是我不再关心村庄里的蜚短流长了,我喜欢上了一个男生,平原上的大学校里有更多有趣的事情值得我去关注。我参加艺术节朗诵大赛得了第一名,写的作文甚至还发在了市里的文学报纸上,可是我喜欢的男生不喜欢我,我只能在上课时偷偷望着他的背影。不知道哑巴苏美琼那时候喜欢的人是不是也这样子对待她?我准备回家后找个机会偷偷问问她,这样子的事情我没法找别人说,只能让她帮我出出主意了。

一个夏末的黄昏,我从平原上的学校下山回到家。外爷爷告诉我说:哑巴死了。

"为什么?"

"掉进苹果园的灌眼里了,听说是为了给一帮娃娃摘枣儿,你说这不是胡来嘛,枣儿还青青的,能吃个啥!"外爷气鼓鼓地朝炕沿上邦邦邦敲着他的烟锅,口中滋滋喘着粗气。

我们家苹果园里,有一棵大枣树,长在园子尽头的悬崖边上,枣树地下有一口灌眼。灌眼,就是地上的洞,无底洞。那口灌眼它是有底的,但因为靠近悬崖,洞底的侧边豁了一个大口子,从口子里望出去,是水流汤汤的玛瑙河。小时候,每年八月,我们全家人都要提着篮子去打枣,这棵枣树枝蔓过于庞大,一摇,红溜溜的大枣子就要到处乱飞,跑到悬崖下的河水里去,所以每次我们总要有人拿着笊篱提前站在河里捞。每次打完树上的,也总要有一个人下到灌眼里去捡枣,这个灌眼的洞口很开阔,有不少枣子落进去了。

每次我都会自告奋勇地要下去,外爷爷在我腰上绑一根绳子,缓缓将我放下去,一边放会一边喊:"到底儿了没?""小心不要跑到那边豁口上去!"

我被吊下去过很多次,除了有一次差点踩到蛇,其他时候我都会顶着一头乱草,被黄土眯了眼睛,欢喜地提上满满一篮子红枣上来。我从未觉得这口灌眼是危险的,是会杀人的。

"到底怎么回事,外爷?"我不相信,哑巴会掉进这里就死了。

"是瑶瑶,瑶瑶领着一帮娃娃去果园里摘枣子,娃娃够不上,叫哑巴去摘,哑巴正摘枣呢,被王蛋一把推下去了。"

王蛋是玛瑙川公认最捣蛋的男娃娃。

外爷说,王蛋被他爷爷拉回家,关在窑里,用放羊鞭子抽了三天三夜。

他们把哑巴埋在了背阴的后山上,没有葬在五奶奶家的坟地里。川里人说,哑巴常年在月圆夜里对着宝塔土箭下河洗澡,破坏了玛瑙川的风水,不能埋在神看得见的地方。

后来有一次，我跟家里最小的妹妹去后山放羊，经过哑巴的土坟。她的坟堆已经完全荒芜，上面长满了芦苇茼蒿，成片的党参花和紫色苜蓿绕在周围，热闹极了，也荒凉极了。我挖了一枝盛开正艳的山丹丹花，埋在她的坟头上。

赶羊回程的路上，小妹指着路边的花儿说了句，哑巴不是被王蛋推下去灌眼去的，是瑶瑶。

"瑶瑶？"

"嗯。那天，我也跟他们一起去吃枣了，瑶瑶嫌哑巴摘的枣子太青了，她偏要最上面那颗最大最红的枣子，扯了一下她衣裳，她就掉下去了。"

"那为什么大家都说是王蛋？"

"王蛋喜欢瑶瑶，是瑶瑶让王蛋这么说的。"

后来，我考上大学，离开玛瑙川，去了南方读书。因为要勤工俭学，我很少回家，大学几年的寒暑假一直在外面漂泊打工，自己赚学费。大四那一年的寒假，我第一次回家过年。大年三十那一天，我家院子里聚集了好多我不认识的娃娃，相互跑着，追赶着。有一个女娃，头发蓬乱，脸蛋上结着两团黑红色垢痂，穿一双与脚极不相称的开了一条口子的运动鞋，她睁大眼睛望着我，眼睛里有一股野蛮的气力。

我问小女孩,"你叫什么名字呀?"我心里想,这该不会是个流浪的小孩吧。

"我的名字叫星星,天上星星的星星。"她说。

"星星是谁?"我问旁边的表妹,表妹白了我一眼,"你可真是念书人多忘事,星星就是哑巴最后生下的那个女娃啊。"

"哑巴——"那一瞬,我竟然说不出话来,我都快把她忘记了,我忘记她还在这人间留下的女儿了。

我拉那小女娃的手,问她,念书了没?她答,七岁了,过完年夏天就要去城里舅舅家念书了。说这句话的时候,她一副自豪的模样。

我把从广州带回来的巧克力拿出来,塞满她的口袋,问她,喜欢吃巧克力吗?她说,喜欢。

那你,想你妈妈吗?

她白眼仁翻起来,想了一会儿,说,我没有妈妈。

我用手抚摸她额头,轻轻告诉她说:你有妈妈,你的妈妈叫苏美琼。

她抬起头看天,把一块巧克力塞进嘴巴里,含混不清地吐出"苏美琼"三个字。

我抬头,看到天边上一朵云,缓缓地,流动着,聚在一起,成了一朵花的模样。我记不清,那到底是什么花的轮廓,开在玛瑙川没有阴雨的天空上。

母 河

有时我孤独一人坐下/在五月的麦地,梦想众兄弟/看到家乡的卵石滚满了河。

——海子

三月,在春风的抚慰亲吻下,蛰伏了一个漫长冬季的西北大地舒展着它皲裂的腰身,春雨撮一口,阳光拂一拂,黄土地的皮肤便长出一张张小嘴来,贪婪地吮吸着来自人间的乳汁。不久,那张张小嘴里,都吐出了一棵棵意兴阑珊的幼草来。草木摇拨着它们萌动的身子,冻土层崩裂了,清香无边的春天降临了。

龙珊在河边走,掺着冰沫子的冻土在阳光下分解和消融,明黄色稀泥漫过了她的黑色运动鞋,她往岸边的干草堆里走,扯了一把冰草秆将鞋子上的泥水擦掉。这种记忆里一年四季都坚韧如针的冰草,即使冬天枯黄了,也直挺挺似一把利刃,冷不丁割伤人的手,滋出一道鲜血来。或许是因为春暖的缘故,这个时节的冰草却变得柔软了,拿在手上,像可以织成布料的麻叶。

龙珊手里拄着一根蒿草棍子,看着玛瑙河自西向东清脆地流动。河水已不如从前清澈,那种清冽欢快的声音没有了,河面上浮动的冰碴不是纯雪白的,有了些许的深色杂质。但这条河依旧很美,它雍容而曲线动人的身姿吸引着她。

如果要在河边盖房子,龙珊环顾四周想了想,还是建在这里好,对面就是玛瑙山,与山上的宝塔土箭遥遥相望,往西看是老根盘踞的杜梨古树,往东看是经幡拂动的黑水龙王庙。这玛瑙川的女人想想也真有意思,嘴里说着信神信佛,每逢初一十五就要到庙子上去烧香磕头,自己呢却带着娃娃奶罩跑到杜梨树下脱衣洗澡。杜梨树下水流平缓,刚好凹成半个月牙形,适合沐浴是没错!但龙珊今天看了看,这不是在龙王庙的上游么?龙王不怕女人的洗澡水流过他的庙前?当然了,这都是十几年以前的事情了,现在川里年富力强的男人和女人都出门打工了,三十公里外的西峰小城,只要出十块钱就可以热水淋浴,谁还会来河里洗澡呢?

这块田就不错,高出了河岸一两米,倘若发大水可作堤坝之用。地势平缓,看起来地基稳固,拾掇一下,打桩盖房子应该不难。到时候,房子两边可以种上外奶奶最喜爱的牡丹,修个篱笆小院子,院外的河岸上要洒满七彩斑斓的格桑花，去山上挖一些红艳艳的山丹丹回来，种在屋后的土墙上，不多，两株就够了。蒲公英是天然的，它们自己会来落脚。

这块地，是五奶奶家的，那个骨子里艳情一生的女人，最终死于肺癌。我现在该找谁去买下这块地呢？龙珊心里估摸着，这地已无人耕种，荒置的田地应该值不了多少钱，就这一亩地，两三万应该够了。

"外爷，五奶家在河边那块地，已经荒了，我想买下来。"

龙珊从小寄养在外爷家，依傍着玛瑙川的山山水水长大。外爷已近八十，除了有点耳背，精神依然矍铄，身体健朗，一对羽白色长眉向上翻翘，颇有仙风道骨的味道。外爷在家族的兄弟里排行老七，玛瑙川人惯称七爷。

"卖地，卖啥地？你个女娃家的哪有地？都没分给你地嘛。"外爷把银质的水烟锅吸得滋滋响。

"我要在玛瑙河边盖个木头房子。"他们坐在院门前的山嘴上说话，龙珊从旁边的柴堆上拾了一块破布，擦拭鞋帮上的淤泥。

"盖房子——你不是说在北京买房了吗，跑回玛瑙川盖啥房？"

"我妈的话您也信，我还在月亮上盖了房子呢，我的爷——"龙珊大笑。

"你看这川里,现在哪旮旯还有年轻人?人都往外跑哩你跑回来做啥?你爱画画,这趟回来把这川里风光好好画一画,记在心里。等再回来,你老爷怕都不在喽——多住一阵儿,玩够了,就回北京去。"外爷长吁了一口气。

龙珊低着头,终于把鞋子上最后一块泥渍擦干净了。她站起身,在黄土地上使劲儿跺了跺脚,鞋底儿的污泥也趁机抖落了,脚底变得轻松许多。"我去找大宝川、小玉马舅舅说说,把那块地卖给我。"龙珊说着,转身走了。

大宝川、小玉马是五奶奶的两个儿子,一个身高体壮,有股子痴傻的蛮劲儿;一个弱不禁风,却是个泼皮过头的二杆子样儿。这么说好像有点不厚道,但玛瑙川人人这么叫,也没啥不能说。龙珊记得小时候,五奶奶曾给小玉马舅舅娶了个城里来的哑巴媳妇,两个兄弟明里暗里一起糟蹋,后来那媳妇掉进灌眼里死了。那媳妇长得漂亮,龙珊入学前在山上放羊的那段童年时光,曾和她关系很好。

龙珊上了斜坡,去到坡顶上大宝川、小玉马舅舅的家。大宝川在门前劈柴,噼里啪啦地木头屑子乱窜,他的头发似乎很久没有修理过了,斧起斧落之间,蓬乱的长发跟着忽闪忽闪,增添了某种原始而神秘的节奏。小玉马躺在门前麦垛里玩一个破损不堪的白色华为手机,手机里正播放着刀郎的一首经典老歌:

2002年的第一场雪
是留在乌鲁木齐难舍的情结
你像一只飞来飞去的蝴蝶
在白雪飘飞的季节里摇曳
……

听着这首歌，时光仿佛倒回到2004年，那时村里的大队部院子里，竖起了一根直入云霄的水泥杆子，上头顶了一只大喇叭。每到日落时分，荷锄牧归，牛羊入圈，喇叭里就会飘散出流行歌曲的调调来，那一年的整个三月，玛瑙川都笼罩在刀郎这首歌火热苍凉的氛围中，村子里出现了很多偷情的故事，有三个媳妇跟着来川里建桥的工人私奔了。那是十几年前的往事了，彼时龙珊还小，成天端着个课本做环游世界的梦。那几年玉马舅舅的城里媳妇刚进门，他还稀罕着她。

"宝川舅舅、玉马舅舅——"龙珊立在坡顶，喊了一声。

小玉马窜跳起来，笑着走到龙珊跟前，"嘿嘿，龙珊回来了？啥时候回来的？"

两人站起来，龙珊才发觉他们真的已经老了，宝川舅舅的背弯驼下去，像一根半折的高粱杆子；玉马舅舅的一张脸已皱得不成样子，仿佛这黄土高原的太阳把紫外线都注进了他一人的脸。这使她想起盘踞交错的老树根，想起以前在美术课上鉴赏过的那些人物肖像画,他这张脸,其实很适合放进油画里,龙珊想。

龙珊把买下河畔那块地的想法告诉他们。

大宝川舅舅挠挠头,望望小玉马,"咱妈留下来的地,能卖么?""咋不能卖?!"小玉马抢着说,"龙珊女子,你真想买?听说你在北京画画,咋回来了?要是真想买,我算一算——算述子个啥,不算了,你要是想买,一万块钱,成不?"

龙珊点点头,"成。"

小玉马瞪了下眼睛,"真成?噢,那我忘了说了,那不是一亩地,是一亩二,前几年种西瓜,我们在地梁上又开出几条地畔子,估计算个二分地,那就得——我看看哈,一万二了!"

"行,一万二就一万二。"龙珊竖起手指头,"不能再加了啊,坐地起价我就不买了。"

"一万一万,就一万,两千不要了!"小玉马舅舅嘿嘿笑着,朝大宝川腰里捅了一拳,大宝川抡起斧子喊,"你捅我做啥?"小玉马回,"我高兴,不行啊!"

两个人当即抱作一团,在黄土院儿里打起滚来。

开了春,小玉马两兄弟没像往年那样去西河对面的羊场里打零工，龙珊雇了他们，一起上山伐木，盖房子。他们俩很高兴，说山里快活，风也快活，云也快活，花花草草让人看着高兴，不像羊场里臭气熏天，一整天只见着羊，见不着人。

每每上山，龙珊便把外爷那台小低音炮让小玉马揣在腰里，放一些他们喜欢的歌曲。低音炮的内存里，存了不少秦腔名段，两兄弟从早到晚抱着它不撒手了，地动山摇地跟着吼秦腔，《二进宫》《血泪仇》《拾黄金》《下河东》《铡美案》，这些戏是龙珊儿时的艺术启蒙。那时每年三月，玛瑙川会为黑水龙王唱一台戏，一唱七天，小学校园里搭建起来的戏园子地动山摇，热闹非凡。

大宝川、小玉马上山的时候最爱唱《拾黄金》，唱词里讲一个叫胡来的流浪汉，因赌博败了全家气死爹妈跑了媳妇，一日睡在城隍庙，得一包裹，以为拾了万两黄金，狂喜不已，给城隍老爷唱戏作揖掏心肺，想象自己要置上万亩好家产，娶上那美貌女子归家园，可结果，捯饬了半天打开包裹来一看，只是半个黄土砖！

大宝川推着一个轱辘车，小玉马把麻绳扛上肩，他们俩在山梁子上跳上跳下，最爱扮演里面胡来给城隍老爷唱《花亭相会》的一段，大宝川扮的是高文举，小玉马扮的是张梅英，前前后后唱起来：

前边走的是高文举，

后边紧随张梅英。

高文举前边偷眼看,

张梅英后边观貌容。

大宝川憨厚如钟,撅着屁股推车,小玉马跳脱如风,摆首扭腰把麻绳在空里甩得呼呼响。每到一个山峁,小玉马就要窜上去昂首高唱一句:上得高山望平川,平川里长得是牡丹;看起容易折去难,折不上也就是枉然——大宝川在身后低沉地吼着,随声应和。

每每至此,龙珊看着两个舅舅年过半百却依然动如脱兔,不,像泼皮无赖的小羊吧,就是这个感觉。这种痞子气的丑角戏,他们唱起来滋味浓厚,是干烈烈的黄土的滋味。

时值农历三月,春寒料峭,万物解冻,得趁着树木尚未完全萌芽抽条,及早上山伐木。木材从何处来呢?当然是山上。玛瑙川四面环山,多得是树。但如今山上的木料都有头有主,并不是谁想伐就能伐的。河对岸玛瑙山上有个七八亩的斜坡,从前是龙珊家的麦田,2003年退耕还林政策来到黄土高原沟壑区,山上的麦田都挖坑种了洋槐、酸枣和松树,如今这些树苗都已长大,葳蕤成林。但这些树是没法做木材的,因为种得稠密,只顾着横七竖八乱生了,上不了梁。

河这边,背靠村落的东山、西山上,有大片的原始林木。龙珊去找村主任。照家族里的排行算起来,这是她十四位舅舅当中的一位,排行老几她记不清了。村主任舅舅在村里建了羊场,专门饲养萨福克羊。这种绵羊白身黑脑,成熟率快,繁殖率高,羊毛旺盛,肉鲜不膻,既能贩毛也能卖肉,适宜高原养殖。

村主任舅舅带着龙珊参观他的羊场,讲了许多绵羊养殖的事情。龙珊说,她小时候在山上放羊,十一只高角山羊,一只短尾绵羊,那只绵羊特别乖顺,比起那些活蹦乱跳的山羊来,它简直优雅高贵得像个王后。后来外奶爬到槐树上摘槐籽,不小心从树上掉下来,过世了。他们用那只绵羊给外奶办了丧礼。留下的两只小绵羊,第二年冬天长大后,赶到集上卖了,卖了两千块。

村主任舅舅笑笑,问,"盖房子买水泥和砖头啊,又便宜又结实,现在谁还盖木房子?"龙珊摇摇头。

"你真的要买木材?"村主任从木匣里拿出了一张白纸片,卷了一支拇指粗的老旱烟,舌尖往那纸缝上添了点唾沫,捏一捏,黏住了。他把烟叼在嘴里接着说,"成片伐木肯定是不行的,只能这样,东山上有一片楸树林,西山上有一片杨树林,林子大,木料好,你各伐五十棵,不打紧的。"

龙珊想,一百棵树就是一百根椽,盖个木屋,应该够了。她跟村主任签了一个手写的伐木造屋及林木维护合同,交了五万块维护费。

龙珊给大宝川和小玉马舅舅每人一天一百块工钱,从开始伐木这天正式算起。伐木一个多月,将来造屋子,少不了还得雇他们。小玉马粗粗算了一笔账,觉得跟着龙珊干很有赚头,还有秦腔听,所以他干活的劲头很大。

大宝川推着外爷做的地轱辘车上山载木。这种木头做的手推车,一只轱辘由两条车辕挟住,如两条手臂长长地伸出来,上坡下山,装载重物,这种木车是人力的第三、第四条手臂。外爷几十年前的旧轱辘车被派到乡间做考察的学者收走了,拿到崆峒山博物馆里做农耕之乡历史轨迹的展览,给了外爷一百块钱,外爷很是骄傲。龙珊曾在关于故乡的油画里,无数次画过这种原始农具。

外爷年轻时是个浓眉亮眼、手艺娴熟的木匠,他曾背着他攒木头的工具箱,去过西安、延安、固原、平凉、泾川、天水,再往西还去过定西、兰州,最远到过敦煌,见了壁画上的菩萨,他就回来了。有一次他说,年轻时游荡,想留在马莲河畔不回来了,因为那里有一个长辫子女人爱上他,他真想留在那孔山崖上的窑洞里,跟她过活一辈子。可他想起了在玛瑙川山嘴上等他归家的婆娘,想起了他的两儿两女,他就背起木头匣子,回来了。临走时,女人送了他一双绣花鞋垫,上面绣着一对龙凤。外爷的大名里有个"龙"字,他在心里,也把那个腰身玲珑的女人唤作

"龙龙"。那一年归来，刚好外孙女降生，他觉得这女娃眉眼长得像她，便给她的名字里也安了一个"龙"，取名龙珊。当然，此名的寓意他谁也没告诉，就照他婆娘那烈性子，知道了还不把天戳塌了。

龙珊对外爷那段风流往事很是向往，但后来每次问起来，外爷总是把老烟锅往树桩上磕得邦邦响，长叹一声，哎——妈的，都过去了。那次自他归家后，再也没去过西边。他给家里打了一个木柜，上面画着马莲河的山水，题字：1993，癸酉年乙卯月。

他们一天只上两趟山，伐两棵树。推着那辆轻巧能干的木轱辘车，山腰上飘出秦腔的曲调。清晨上东山伐楸树，晌午去西山伐杨树，十几天下来，这似乎已成为一种伐木的规则。山路已荒了，器械车开不进去。龙珊似乎也乐得如此，外爷给她借来的电锯，她不用，自己扛了一把外爷当年用过的大拉锯。上了山，选中一棵树，龙珊手指头放在树干上敲一敲，大宝川和小玉马也走上去敲一敲，耳朵趴上去听一听。龙珊说，"就是这根了！"两兄弟跟着附和——"就是这根二杆子了！"他们开始拉锯伐树。

两人坐在树下，一只脚抵着树干，一只脚蜷在屁股下当垫子，太阳穴上崩出青筋，嘴里骂着陇地土话，风风火火拉起来。在他们拉锯的时候，龙珊就去旁边的林子里转悠，她拿了一支红色的大号笔，遇上看中的树，就在上面画一个鲜红的爱心。那棵被她描中的树似乎知道这颗红心的威力，呼啦啦叶子响起一阵扑嗦尖叫。下次再来，那颗红心会跟着那棵树一起倒下，摔得四分五裂。漫长的伐树之旅似乎因此而有了象征意义。龙珊抚摸那些树干，这片林子曾经是她全部的童年。她没有想到自己会失去它。早知如此，十四岁那年，她还会离开玛瑙川去平原上读书吗？十八岁，她还会彻底离开高原，去遥远的北京城吗？如果她执意留在这片山林的话，会怎样？

她知道自己自欺欺人罢了。山林似乎变了脸，它早已不再接纳人群，川里，即使那些不读书的孩子，也都一个个离开了。若只有她一人留下来，她依然嫁不出去，依然没有办法生一个可爱的孩子，依然没有自己的屋子、自己的家。想到这些，她掏出兜里的红笔，把那颗红心多描了几遍，把它画得更加圆润，来表达她失落的爱。

等到龙珊逛完林子回来，一根直径十寸粗的大树，也该呼啸着倒下了。闪着亮光的锯刀在木纹的摩擦中显得愈发锃亮。龙珊握起拳头跟着拉锯的节奏呼叫："宝川舅——加油！玉马舅——加油！"大宝川、小玉马在树木倾倒的最后关头，会扭着脖颈扯嗓子大喊几句《下河东》里的呼延赞：

　　一见奸贼胆气炸

咯噔噔的咬钢牙

　　手执钢鞭往下打

　　国恨家仇连根挖

　　连根挖——

　　等到最后一个音节吼上半空，那棵大树也摇晃着颤巍巍倒下，在倒下的方向那边，巨大的树干殃及了旁边一溜树木，一时间，落叶翻飞，枝条劈落，地动山摇。这个声音每次想起来，龙珊的眼角都会莫名泛出一丝泪，仿佛那巨大的呼啸声响彻在她的身体里。

　　树倒下。大宝川、小玉马便抡起斧头砍掉树枝和杈条，用绳子绑起来，架到地轱辘车上去。

　　下山路上，小玉马和龙珊走在前头，两人在两边各拽一根麻绳，用力地向后拉住，还有保持车头的方向与平衡。大宝川远远地走在木车最后，肩膀上勒一根绳子，像个戴盔甲的战士一样，拼了命与大风、与无穷的向下的力而战斗。他们必须使出全力，才能拖住那根战炮一样的木椽，否则它会像炮弹一样撒开蹄子滚下山去。这个过程是无限艰辛的，那只有一个轱辘的小木车，那一根五六百斤重的椽子，那无尽的呼啸着的春日的沙尘暴，都在与他们作对。有一次龙珊实在坚持不住了，她的手已勒出了一道红梁子，那是她拿画笔的手。她松开那只手，在空中甩动了几下，想让它得到片刻的休憩。车头就是在那个时候失去了控制，拽着胡喊乱叫的三个人，朝着小玉马的左前方疯狂奔去，在一段下坡路的拐弯处打了个转向，带着车子和人，滚到山坡的边缘上去。龙珊大喊："松开绳子——松开绳子，不要管了！"

小玉马和龙珊都撒了手，只有大宝川仍旧死死拖住绳子，他摔倒在地上，被滚落的地轱辘车和向前俯冲的木头大炮一起带着，跌入了前面一个荆棘丛生的土崖。

他们呼号着跑下去，木椽斜架在土崖上，小小的地轱辘车像个蝎子依旧绑在它身上，木轱辘还在呼呼地转。大宝川躺在一边，翻着白色的眼珠，脸上和手臂被酸枣树的尖刺刮伤了，一条条伤痕里，流出涓涓的血来。

龙珊和小玉马喊叫着跑过去。

没想到大宝川拍拍身上的黄土，挣扎着站起来了，"妈皮的，这根椽子不听话！"他大声骂了一句。龙珊笑了，眼睛里笑出了泪，"只要人没事就好，幸亏木椽架在土墙上了，要是砸到你怎么办？"

"就他，能砸到我哥？看我回去不拿个斧子把它劈了！"小玉马走过去，狠狠踹了木椽一脚。

"对，劈了！劈了晚上垒篝火——"龙珊大笑起来。

后来上山的次数多了，龙珊有了经验，也不会那般死拖硬拽，尽量把力道给匀，牵引为主，拖拉为辅，他们运输木料的过程，也渐渐显得不那么艰难了。

龙珊叫了村里一个奶奶过来家里,专门给他们几个做饭,从羊场买了几只羊,外爷把它们挂在门前的槐树上,宰了两只。他们顿顿吃羊肉,也有人去山上平原上赶集的时候,龙珊就托他捎十斤猪肉,买些调味用品。大宝川和小玉马每天的饭量都很大,有次大宝川一人一顿吃了一只羊腿。龙珊跟着他们一起,饭量也变大了,一顿能吃半斤肉。只有补充了足够的热量,他们才有劲儿每天上山和那些树木战斗。

西山上有一段路是平缓的,那条路的两边,开了许多黄色和紫色的野花。龙珊很熟悉这儿每一朵花的形状,但想不起花的名字,问两个舅舅,他们说就叫花嘛,哪有啥名字。每次从那条路上回来的时候,大宝川、小玉马就叫她坐到车上的椽子上去,她骑着那条椽,像开大炮的女战士。每到这段路,她都很开心,觉得自己又变回了孩子。

外爷拿出了他的工具箱,在河滩的一堆木头上劳作,给树褪皮。杨树皮要比楸树皮好剥一些,用斧子开一条缝,树的衣裳就顺着这条缝剥落了。楸树顽固,需要用一把小斧子一点一点开出许多口子。外爷是一辈子的干活好手,如今年迈,对付这些大块头,虽然有些吃力,但熟练的技艺仍让他游刃有余。他的生活不再是整日坐在山嘴上发呆,吃烟,谝闲传,他的作用似乎又发挥起来了,不再感到无用,这让他整个人看起来容光焕发,精神俱增。他俯在树身上劳作,说,"这树皮啊就像人皮,人活一张脸,人没脸了活着就没意思了,树啊,不怕空心就怕剥皮,树皮一剥,它也活不长久了。"他用墨斗在光滑的树身上划线,一把卷尺各处打量,多余的锯掉,糙生的枝条拾掇光净,给每条椽都刷上清漆,防虫防蛀,百年不坏。那些截断的半块木头,把它们垒在一起,外爷说,等房子盖起来了打几个箱柜,让龙珊放衣物。

外爷原本坚决反对外孙女放弃大城市,回来留在玛瑙川的,他说,"你一个年轻女子,快三十喽,就算不去北京了,也给自己找个下家啊,留在娘家川里算咋回事?"

龙珊不听,每日仍扛了斧子上山,带着大宝川和小玉马去东山西山上伐木。外爷很生气,打了电话给龙珊的母亲和亲舅舅。

村里的很多人都来劝说,当然,都只是一些年长的老人,年轻人过完年都走光了。那些爷爷奶奶们聚在门前山嘴上爷爷搭的木棚里,火炉里烤着火,煮着热茶,小茶壶的水开了,茶叶咕咚咚跟着滚水翻上来,仿佛一群聚在一堆抢食的锦鲤。

在一堆加起来上千岁的人群中,龙珊只是笑一笑,不做辩驳。一个热心的奶奶说要给龙珊找对象,"西峰城边上的,家里十几亩果园,房子刚拆迁,拆了几十万!那果园也不用说了,里面个个长的,可不都是金苹果!"龙珊故意跌碎了手中的瓷杯,弯腰捡拾碎片的时候,笑着朝大伙儿说："爷——奶——你们真的不用操闲心，我真不是找不到结婚对象，是不想结婚，这是两码事。我就想在玛瑙河边建个房子，你们以后要是来，我还烧茶给你们喝。要是不愿意来，那我就跟外爷一起喝！没事。"

"我跟你一搭喝那个茶做啥哩，我不喝！"外爷气得把胡子吹一吹，扭了头。

龙珊没说话，静默地听着周遭一片唏嘘之声，她低下头，把茶杯的茶水倒在一块旧布上，用心地擦拭自己的脚上的运动鞋。茶水有去污的功能，果然不大一会，那块顽固的青草汁便消失了。她站起身，一人去了河边。

后来有一天晌午龙珊从山上下来，发现外爷出现在她的木材堆里，正在帮她整理木料。旁边放着那个曾陪他走过很多地方的木匠工具箱。"既然我挡不住你，那我就帮你盖吧，这把老骨头还没坏，还能派上用场咪！盖个屋子也好，你要是在玛瑙川多住住，我也多个人说话。"

听到这一句，龙珊的眼睛湿润了。

黄土高原的春天总是来得迟缓，她步履犹豫，三心二意，总是走到半途又走了。风暴携着沙尘，把刚刚破土而出的绿色脑袋们——蹂躏，把它们重新吓回土里去，甚至会降一场冰雪，将杏花纷纷打落。即使如此，沙尘暴雪也不能阻挡黄天厚土深处的，那股子春天的野蛮力量。只要几场春雨降落在陇原大地，空气中弥漫着泥土的清香，那沙尘中挣扎的野草，也终于铆着劲儿放肆生长，满塬满峁地蔓延开来。茼蒿，蒲苇，冰草，牛舌头，苦荬菜，它们开着金色或粉色的小花占领了所有向阳的山坡。这样的景致使人动容。龙珊每天上山都流连在花丛中，"今天与昨天的山坡又不一样了。"她笑着说。无穷神奇的山野使她对伐木这件事注入了更多的气力与热望。

"怎么不一样了？还不是跟昨天的山坡一模一样！"小玉马舅舅问。

"黄花蒲公英开了。"她说。

小玉马愣了愣，"满坡的毛儿影子，一年四季就没看见它枯死过，有什么稀罕的。"

"在城市里看不到春天，只能用皮肤感受到，天热了，羽绒服脱下了，日历转到立春了，说明就是春天了。"

"北京长啥样？"大宝川舅舅突突地走过来，大声问。

"和西峰城没什么不同。高楼、汽车、看手机的人群，还有挤死人的地铁和雾霾。"龙珊摘了一朵小黄花，把它夹在左手的中指和无名指之间，像一颗闪耀的钻戒。

"什么是地铁？"大宝川问。

"就是在地下挖一条隧道，像火车那么长的车子在下面开，人也走到地下去坐车，到了要去的地方下车，再钻到地面上来。"龙珊感觉自己的这个解释很怪异，像描述某种特异武功。

母河/43

"瓜怂——这你都不懂,就跟老鼠一样嘛,在地下打个洞,跑来跑去。"小玉马说着往大宝川太阳穴戳了一指头,大宝川拍拍脑袋自言自语,"挖那么些洞,车子天天在地下钻,不怕把地面弄塌了嘛?"

小玉马又走上去,用脚踹踹大宝川,"你傻啊——那是毛主席住的地方,地面能塌?就算能塌,它敢塌吗?"

龙珊被两个舅舅的对话惹笑了。

他们在苜蓿地里发现了一窝小兔子,三只,毛茸茸的灰白色蜷缩在草堆里。小玉马惊叫着跑过去逮住一只,其他两只趁机跑了。"啊哈——来龙珊,送给你养,等房子盖起来都能变成一大窝子了。"他用手提着那只兔子的耳朵,小兔双腿扑嗦扑嗦乱蹬,龙珊看见那只小兔,全身发着光亮的银灰色,唯独额头上一点白,似一片洁白的羽毛。它瞪着宝石般的眼睛看着她。

龙珊走过去,将兔子抱在怀里,"就叫它羽兔吧,我们来养它。"

下了山,龙珊在外爷闲置的窑洞里找到一个竹编的笼子,大小刚好。她把笼子刷洗干净,给里面放了清水和苜蓿,把小兔子放进去。外爷走过来,手里捏了一瓶羊奶,他给瓷碟中倒了些放进去,说,"兔子还小,吃奶才能长得更快。"

小羽兔很不配合,对那些东西不闻不问。第三天,龙珊从山上回来,看到碟子里的羊奶空了,它在啃食笼里的嫩苜蓿。龙珊点点头,知道这个小兔,活下来了。

转眼五月,龙珊的一百棵木椽工程即将告捷,大伙儿都捏着一把劲,等砍够一百个,就可以正式开工盖房了。

龙珊骑了一辆自行车,在沿河的大路上游荡。她看见麦田里的麦子青色中泛黄,它们已在五月里等待自己的成熟。玛瑙川的四角天空比往日更加湛蓝和纯净,那流浪的云朵,一会伏在这个山头上睡觉,一会又跳到那个山峁上私语。这世间,或许没有比云朵更自由的了,即使短暂和虚无,即使抓握不住,一朵白云就像一场幻境,人生何尝不是?她自己的人生,更比不上一朵游离的云儿吧。

她在北京学艺术,二十二岁,画作就拿了全国的大奖,可后来任凭她怎样努力,似乎都没办法超越那个青涩无畏的高峰。她的男友人大毕业的,爱好写作,也写剧本,后来觉得赚不了钱,就和一帮哥们做新媒体,拍网络电影。他们刚毕业那会,在北京的地下室住了两年,即使在那样黯淡无光的日子里,他们依然彼此深爱,相信一切都会过去。男友在创业阶段,她的画又难以再攀高峰,曾经一段时间为了生存,她放弃了画画,去一家手机店做销售,一个月竟也拿到一万块的工资。她把钱用来交房租,交两个人的话费,一个月的饭钱,买了更好的颜料,但再也没办法动笔。

怎么说呢?她不想把这看成是一个关于背叛的悲伤故

事,不,早就露出端倪了吧,只是她假装不让自己看见。移动互联网快速发展的势头像一阵东风,刚好助他一帆风顺,她不想评价他拍的那些东西到底有没有意义,但他成功了,名利双收,跻身北京最有潜力青年导演行列。他们在一起五年,他终于要买房了,或许这是结婚的征兆,她想。他在五环首付了一套带阳台的两室一厅,她把自己攒的20万给了他,然后满心欢喜做着洁白新娘的梦。

新房很快装修好了,择日便是乔迁。那天中午她跑业务,刚好经过他们的新房小区,鬼使神差的,她高跟鞋右脚的鞋跟断掉了,她想起新房里有一双黑色运动鞋,是他们装修时她搬东西穿过的。她乘电梯上了楼。

用钥匙开了门,她看见爱了五年的男人和一个年轻的长发妹妹在他们的新床上翻滚。她站在门边看了一会,这个画面让她想起家乡一条黑色公狗与花母狗黏合在一起无法分开的场景,只是让人恶心的交媾。她把高跟鞋脱下来,扔在客厅的地毯上,在玻璃窗边找到了自己那双黑色鞋子,她把鞋子穿上,绑两边的鞋带。男友已从卧室里爬出来,跪倒在她面前,"老婆,你相信我——她只是我们剧组一个新来的演员!龙龙——我一时糊涂,没把持住,龙龙——"须臾间,他已哭了,声泪俱下。年轻的女孩站在沙发另一头看着她,她的眼睛里竟有一股战胜的骄傲和无所谓的蔑视。龙珊脑海里一片空白,她听着男友的忏悔,就像听见遥远的,来自天堂的钟声。她绑好鞋带站起身,瞥了一眼男友,"把你的内裤穿起来吧,你这样跟我说话,像一条公狗。"她背起包往外走,那个女孩以为她伸出手要打她,不自觉抱起了头。龙珊伸手,把她的衣服往整齐地捋了捋,"可惜了!"她说,"这样一对傲人的乳房,贱卖了!"

她径直走了出去。

后来,他们自然是分手了。她画了一幅逼真诱人的油画去了男友的公司。他正在开剧本讨论会,她走进去,把那张画甩在男友脸上。画上是一个上身赤裸的女人,她已达高潮的脸部扭曲变形,长发如瀑散落床榻,一对饱满的乳房无限垂吊下来,含在一个男人的口中。是的,那个男人的头部就是她的男友,而身体,却是一只背部拱起无限用力的黑色狼狗的身体。整个画面用色丰富,笔法夸张,荒诞中隐藏着直击现实的爆破力。

旁边的人争着跑上去看。"嘿,哥,我们下一次的电影海报有了啊!这个绝对火!嫂子果然名不虚传,才女啊!"有人在旁边吆喝。

"你想干什么?"他问。

"我什么都不想做,来找你有两件事,第一谢谢你,激发了我潜伏多年的灵感,我终于又可以画画了,并且谢谢你给了我灵感的来源。第二,新房子不必写我的名字了,你不配。把我的二十万,明晚八点前转到我的账户,否则你会看到很多张这样的画,画着你英俊无瑕的脸,出现在电影圈的海报里。"

就是这样的分手。说来有些奇怪,她并没有感到难过,而是有一种终于冲破雾霾的快感。

龙珊的手因为过度劳作磨破了皮,生起水泡,她拿针在火上燎了,刺破两只手掌里的水泡,用布扎起来,仍旧每日上山去。时日久了,手掌上的水泡就变成了黄色的茧,硬而结实,不再疼痛难忍。

镂玳爷爷也来到了河滩,和外爷一起帮龙珊整理木料。镂玳爷爷是外爷的哥哥,算起来龙珊要称呼他六外爷,他是整个川里最德高望重的长辈。跟着是会看风水的镂祥爷爷,开过铁匠铺的镂珽爷爷,修过自行车的镂鸿爷爷,他们聚在一起,帮龙珊测地基,选址,开地面,剥树皮……奶奶们也来了,她们在河边架起了一口大铁锅,专门负责烧饭,并说如果每个年轻人都像龙珊一样回来玛瑙川盖房子,那川里的日子就会像以前一样红火热闹了。那期待就像铁锅下红彤彤燃烧的火焰,炫目地灼烧着。有几个小孩也跟着他们的太公太婆一起来到河岸,在河边玩水,把春水掬起来装进铁罐里,水里的蝌蚪也跟着一起游进罐子里。

五月初八,龙珊儿时的伙伴萧佩在玛瑙川摆喜酒。萧佩住在河对岸,她们从小一块长大,她数学学得特别好,成绩优异,在西安读完大学后又去了兰州念研究生,今年刚毕业第二年。她老公是同门师兄,念经济学,两人谈了五六年终于修得正果,两家人出钱在兰州买了房子,于黄河岸边定居了。

婚礼已在兰州举办过了,此次回老家,是把川里年迈的长辈们请过去热闹热闹。那天龙珊也去了。萧佩穿着一身红色旗袍套装,眉如翅膀,唇若樱桃,美艳极了,一颦一笑都陷在幸福的光晕里。她身旁的新郎也帅,仪表堂堂,看起来是那种正直又聪明的男人。

萧佩看到龙珊,手中的酒杯在空中愣了一下。她跑过来拥抱她,说"好久不见,今天一定要多喝几杯。"龙珊点点头,"你的喜酒,我怎能不趁机多喝点!"

那天龙珊在酒席上遇到了很多熟人,那些仍旧生活在她记忆力,但现实中仿佛已消失了的亲人们一一回到玛瑙川,他们在这里喝酒,猜拳,谈笑,谝闲传,其乐融融的样子似乎从来都没有离开过,从来都没有分别过。

"龙珊,听说你在川里盖木头房子,你牛啊,放着大城市的高楼不住,跑回来住土窑洞和木房子,厉害"——这是来自一个儿时伙伴的称赞,他如今在城里做生意,开了陇东风情的餐馆。"龙珊,舅母跟你说,还是得找个对象过日子,一个人一辈子,不管他有多大的成就、地位,没有一个家他就不完整;只要有个娃,这辈子就算没白来过"——这是一个舅母对她苦口婆心的劝服……人们争相过来握她的手,叫她想开点,等屋子建好了,他们回来给她放鞭炮,禳院。她保持着笑容,说"好好好,到时候咱们也摆个酒。"

龙珊最不愿意见到的——她的母亲也出现在酒席上。母亲从小把龙珊寄养在外奶家,她去了城里,结过几次婚,结了又离,前几年刚跟一个六十岁的男人又结了。她在城里终于有了房子,而且是两套。其中一套刚好临街,她弄了个棋牌休闲室,天天看人打麻将,自己很少上牌桌,只是偶尔给人指点。她的牌直觉很准,赢的时候往往较多。她五十岁了,最大的娱乐就是棋牌室里的麻将和东湖公园门前的广场舞,这两样,她都做得不错,为此她很自豪。

"你外爷说你回来一段日子了,我还不信,你真在河边盖房?"

龙珊点点头。

母亲那天穿了一件大红色的长款羊毛衫,上面绣着大朵灼灼动人的牡丹花,她一动,那些牡丹花也跟着被风吹得颤动。母亲戳着龙珊的脑袋说了几句,龙珊一直没反应,她终于发飙了,把一只玻璃杯摔在桌面上,眼泪直流,指着龙珊破口大骂:"供你读了那么多书,你能不能给妈长点出息!你看人家萧佩,找到了如意郎君,工作、房子、家庭都稳定了。大伙儿喜气洋洋都来喝萧佩的喜酒。你呢?你都二十八了瓜女子,你再等,我看有人要你不?你不赶紧往大城市走,找男人,跑回来这个破山沟沟干啥?要等着入土吗……"

眼泪如春天的雨水,一颗一颗掉下来,龙珊用手抚过脸颊,手指的堤坝也挡不住泛滥的泪海。牙齿在哆嗦,她感觉寒冷，站起身来往外走。有人在劝说她的母亲，有人过来拉龙珊的胳膊，叫她留下来。

"哎哟——我说你这个当妈的，女子得病了你都不知道，不过问，一回来就是胡喊冒吆喝，你哪是个当妈的人？"她听见姨娘在劝说母亲。听见这句话，许多人的目光齐刷刷朝她靠拢，她踉踉跄跄出了那个挂着红色篷布的大门。

那一晚龙珊坐在河边，听玛瑙河哗哗的水声。水流的声音幽幽如泣，无限绵长。它穿越了众多高山之间的缝隙，分支，合流，最终化成一股苍绿色的练带来到她的眼前。这条河，在整个高原沟壑之上并不显眼，中国地图上甚至找不出她的名字，可她真实地在这里，流淌了千百年。在这世间没有比玛瑙河的水声更使龙珊的心得到慰藉。在北京时，她住在地下室，夜里做梦老是梦见自己住在一条河边，那条河的声音在梦里清晰可闻，缠绕着她。她知道那条河就是玛瑙河。梦里她在河边洗衣服，但河边没有一块青草地，她找不到地方晾衣服，也看不见阳光，她很着急，衣服总是干不了——那是她上班穿的制服。难道你是玛瑙川的暗河吗？在黄土和岩石之下涌动向前，你是用不着阳光的？

正胡思乱想着，凯铭出现在龙珊身后，"咋一个人坐在这儿？"他问。

她站起来，把被风吹乱的头发撩到耳后，又跺跺脚，一时间惊慌错乱，也不知道要干啥？"是你啊，你也回来了？今天怎么都没看到你？"她只好以问句开场。

"你没看见我，我看见你了啊，还像小时候一样地高傲，酒席没坐完就一个人走了。"他走过来，伸手拿走她手上已熄灭的半截香烟，"有火吗？"他问。"有，"她从口袋里掏出打火机递过去，把黑兰州的烟盒子也递过去，可他已经把那半截香烟放进嘴里，"嘿——我都点着了，不用了！咱俩又不是没一起抽过。"他说。

的确，青春期冒险之旅的象征——第一根香烟，就是他偷出来，他们一起在河边抽的。凯铭是龙珊儿时的伙伴，从一年级开始，他一直坐她身边。这个男孩学习不好，但篮球打得好，阳光开朗，帮过龙珊许多忙。她记得很清楚，上初中，他们一起爬山，去了玛瑙川上面的平原上三十里外一个中学读书，那时每人都骑着一辆自行车去学校。初三那年，龙珊的车子坏了，轮胎打了气十几分钟就跑光了，可这辆破车已经修了三年，实在没有办法修了。周末回家，龙珊就骑着凯铭的自行车，凯铭反身坐在后座，扶着龙珊的车子，一直从学校到塬峁上。周五的黄昏，那些金色的光芒落下来，落在原野的青草上，落在他们青涩的脸庞上，那时的一切，朦胧地近乎美好。龙珊上大学后很少回家，之后，他们再也没见过了。

"你，长得都不像了。"龙珊低头看着河水说。

"那肯定啊,那时候只有十五岁,现在都快三十了,一把年纪了,你还能认得我,嘿嘿,真是想不到。你也变了啊,好看了!那时候,顶着一对小辫子天天跑来跑去,脸蛋红红的,真是,又神气又骄傲……"

"会吗?我怎么都不记得?"

他们沿着河岸走,他告诉他,他没考上大学,读了个技校出来后给人打工,现在在西安开了一家自己的小公司,专门做铝合金门窗生意。"你要盖房子,我找人帮你盖,真的,这方面我熟人多。"

"我盖的是木屋子,又用不上你的铝合金!"龙珊笑笑说。

他们一直走,走到了那棵杜梨古树前。龙珊看看水,"还记得这里的河湾吗?那时村里的女人小孩都来这儿洗澡,桃花节的时候更是热闹。今年桃花浴我都没看到人,只有几位奶奶来这里洗了几件衣裳……"龙珊说着,笑一笑,"结婚了吗?"她突然问。

"结过了,又离了。生了一个女儿,人走了,女儿留在川里,爸妈给帮忙带呢!"

龙珊点点头,也不知道该继续说些什么。

"你的病——"他问,"真的是癌吗?你从小就聪明,有才华,还有大把的前程……"他说着,眼睛里闪出点点星光。

"有才华的人大都短命啊,"她仰起脸大笑。"我很知足了,拿到诊断书那一天,我满脑子都是玛瑙川的这条河,河边有一座木头房子,院落前开满了鲜艳的野花儿。还好啦,目前身体也没出现什么大问题,一时半会死不了,要是留在川里,活个十年二十年也说不定,从小我外奶就说我命硬。我不怕的。"

他伸出胳膊,抱住了她。

凯铭曾经喜欢过她,她知道。她的涟涟泪水打湿了他胸前的衬衫。

"龙珊,你也没嫁人,我又离婚了,如果你不嫌弃我离过婚,就下嫁给我得了,反正我也娶不到媳妇了……"他看着她,眼睛弯弯的,里面藏着一个温暖的风港。

今晚如果是在北京或西安城里遇见,她一定要把他睡了!她想,可这是玛瑙川,玛瑙川的河流圣洁如月。她从他怀抱里走出来,耸耸肩,"嗨——这个想都别想噢,什么结不结婚,你这属于趁火打劫。"

凯铭无奈地摊摊手。

月亮落在河水里,影影绰绰的。这河边,或许发生过千百桩动人的故事,爱恨的泪水,都随流水永逝了。唯有月亮是永恒的。他们两人在河边分了手,月下的影子,渐行渐远。

造木屋的一百根木椽,就剩最后一根最关键的上梁木了。外爷说,要去玛瑙山上伐,那里的山峁上有一棵黄梨木，长得高大笔直，是房梁的不二之选。

伐梨木那天，很多人一起上了山，外爷和镂玳爷爷也拄着拐杖去了。外爷的手里拿着一张大红盖地面儿，绣着佛手与龙凤的锦缎。外爷说，"这棵黄梨木树龄已有百年，给它披红，图个上梁吉利。"黄梨树枝叶蓬大如盖，树干粗壮，拉锯拉了整整三个时辰。大宝川和小玉马的额头上早已汗如豆大，扑簌滚落。就在最后关头，他们粗红着脖子大吼"手执钢鞭往下打，国恨家仇连根挖，连根挖——"高大的梨木已晃动如山，人群躁动着，观望着，吆喝着，随时根据大树倒下的方向作出逃窜之势。此时，山林间树叶啸声滔滔，响起一阵女人的嘶叫：

"今儿这棵树要是砍倒了，我也跟着倒下！龙珊——你给我看好了，我不管你到底得了啥病，是哄我还是骗我，你都给我回北京去！你要死也死在外面，不要回来丢人。回了北京啥子都还有希望，妈也有个盼头，你回来住在河边上，你是想淹死你妈的心，丢光你妈的脸！你不回北京，我今儿个不给树轧死，明儿就跳河淹死……"

是母亲！

梨树已经摇摇欲坠，幸亏提前绑了麻绳，以防不受控制意外压倒。掌绳的几个老爷子把树往东边拉，龙珊母亲就跟着往东边跑；往西边拽，她就跟着往树底下靠……人群中大喊着，"龙珊妈，快躲开，树要倒了，要倒了，倒了——"

龙珊冲过去，扑在母亲身上，压倒了她。

大树倒在离她们两步远的地方，龙珊的胳膊被树枝压伤，脸上淌出血来。外爷大呼一声倒在人群中，大宝川和小玉马朝龙珊冲过来。

龙珊从一片树叶的摇晃阴影中清醒过来。她站起身，走过去搀外爷。外爷摸着龙珊出血的胳膊，一把撕开了大红色的盖地面儿，"快，两下子给包上！"他朝旁边的人说。

龙珊母亲匍匐在地上大声哭嚎，把一根枝条放在地上摔掷，说女儿要活活把她给逼上绝路……龙珊转回身对母亲说，"你甭哭了，树把你压不死，河里水浅，淹也没用！"

"我还可以跳崖，我还可以上吊——"

"你不用死了，妈，我走。"

他们把那床绣着花儿的绸缎面儿折起来套在龙珊的脖子上，把她受伤的左边胳膊挎在上面。胸前一朵红艳艳的大花儿，这让她想起结婚的场景。在陇地的习俗中，结婚时新郎的身上要披挂红彤彤的盖地面儿去接新娘。红色总是代表着喜庆吉祥，新人披挂铺盖面儿如携彩云款款而来，或许象征着一对新人在婚后，无论床上还是日子里，都能够琴瑟和谐，红红火火吧。老祖先还真是比我们今人真诚而奔放地多。

今日我也算披过红了。龙珊里默默地说。

龙珊打电话给村主任舅舅，只花了两千块，从盘山公路上开下来一辆东风车，车上拉着彩色轻钢。大家聚起来，只花了一个上午，一座湛蓝色的简易活动板房便出现在玛瑙河边。蓝色的轻钢板房里，装着龙珊从山上伐下来的一百根木头。

"既然盖不了房子，就拿来给川里这些老不死的打棺材吧。明天就叫一个棺寿师傅来川里，按照大家的心意打！"外爷把拐杖往地上砰砰地敲着，"也不用叫人了，我自己来打！虽然我老了，做了一辈子木匠，打个棺材我还成的。"

镂玳爷爷摸着他的胡须缓缓开口了，"现在年轻人都往外跑，等到咱们这一辈人都老了，死了，埋了，玛瑙川也就空了……"

没有人说话。大宝川和小玉马爬上房，将那个红色的盖地面儿高高挂在屋顶上，风吹的滋啦滋啦响，像一面立在河边的鲜红旗帜。

龙珊给大宝川和小玉马两人发了工资，他们俩儿很开心，去小卖部买了啤酒请龙珊喝。龙珊拿起瓶子一看，那啤酒已过期十几天了。她还是跟他们碰了碰，把那瓶酒喝光了。

有一天她回家，发现笼子里养的羽兔不见了。是它自己逃跑了？还是被什么东西抓走吃了呢？无论哪种结局，它都获得了自由，自由要比关在笼子里面强得多。

临走前的那个夜晚,龙珊去了杜梨树河湾,脱光衣服下了河。夏日已至,河水冰凉中携着涓涓暖流,她像小时候那样,想象自己是一条通红的锦鲤,在鱼鳞般的银色河水中游来游去。几个月来的汗水和泪水一起洒进河里,没有人看见,只有天上永恒美丽的月亮看见了。她在岸边,洗干净了那双黑色的运动鞋,右边鞋帮已裂开了一条缝,凑合到北京应该没什么大碍。

清晨,黎明的光芒轻轻唤醒寂静的山川与河流。

龙珊坐在玛瑙河边的石头上,画了一幅画。画中草木掩映处是一座金色的木头房子,房楣上大红的锦缎被面儿随风飘摇。屋前一排嫣红如血的牡丹,那是外奶奶最爱的花。山坡上野花如星子般散落,经幡似五彩的格桑花,绛紫色的风毛菊和香青兰,金黄如豆般亮晶晶的败酱花,还有天使一样的铁线莲,她们翕动着优雅的白色羽衣飘飞空中。屋后的墙上,有两株红艳艳的山丹丹花,那是爱情的象征。玛瑙河闪动着藏青色的波光从画中流过,流过宝塔土箭和龙王庙,流过山峁与浅滩,流过无边无际金色的麦地,流到遥远的黄河里去⋯⋯

初晨之后,日光如瀑。龙珊走了,什么也没带走,只带走了这幅画。她给这幅画起名为《母河》。

站在山腰上回望川底,五月的麦子已经成熟,布谷鸟在玛瑙川的四角上空急切地扇动翅膀。微风从山峁之间逍遥而来，流窜而去，掠过田野，掠过金色的麦田掀起滔滔海浪。眼中流出热泪，她转身朝山顶走去，在风中，她大声念起了海子的诗：

> 麦地
> 别人看见你
> 觉得你温暖，美丽
> 我则站在你痛苦质问的中心
> 被你灼伤
> 我站在太阳 痛苦的芒上
>
> 麦地
> 神秘的质问者啊
> 当我痛苦地站在你的面前
> 你不能说我一无所有
> 你不能说我两手空空

"当我痛苦地站在你的面前，你不能说我一无所有，你不能说我两手空空。"这首诗的题目，叫作《答复》。

磨刀的男人

清早,窗外的天光蒙蒙地亮了。福根起炕,套那条压在炕角的冬裤,婆娘杏芳的腿抹黑中伸过来,压住冬裤,还去啊?天冷,不去了。

冬裤足有十几斤重,手一触上去,看不见的灰尘浮动起来飞舞到炕腰。裤子三层,最里面是一条枣红色线裤,线裤的松紧带断了,是一条扁扁的粉白相间的松紧带,先是一点点儿断的,里面的筋断了,外面的线还把它们拉扯在一起,最后索性外面的线也豁口了。福根在山上放羊时,从左边那条残腿的裤腿里抽出断掉的线,把它编在了放羊鞭上。穿了十几年了,这线裤早已松松垮垮不成样子,但福根舍不得换,反正穿在里面,谁扒了你的裤子去看?每每他婆娘杏芳把新买的线裤放炕头上让他换,他就嘟囔这么一句。中间是一条酱紫色毛裤,杏芳去乡上赶集买的,说是羊毛裤,保暖,让他套在线裤上穿。福根穿了,可这裤子不是羊毛做的,他没嗅出一点羊的味道。最外面是一条深蓝粗布棉裤，左膝盖上被酸枣树划拉了几个小洞，白花花的棉絮虎头虎脑露了出来。今天晌午天一暖，他得脱下来让杏芳给补补。棉裤是几年前福根的老母亲在灯下为福根缝的，用了整整十斤棉花，缝完这条裤子，老母亲就入土了。

算上裤头，福根把四层裤腰拾掇齐整，用最外面的一根麻花布绳在腰上勒紧，打个结，手朝肚上拍两下，恍惚的尘埃飞起来。他套上棉袄，抬起左腿，下了炕，把压在炕席下那把刀拿出来，别进裤腰里。杏芳醒了，被子蒙着半张脸，露出乱蓬蓬的头发和一双红血丝遍布的棕黄色眼睛，她哆嗦着身子，天冷的，你不怕手起口子？

福根从咽喉里发出一个浑浊的声音。他朝地上吐了口痰，转身折进窑掌里，摸黑在水瓮里舀了一马勺清水，端着出了窑门。马勺里的清水左右激荡，摇晃着，摇晃着，终究没有一滴洒出来。

福根家的窑洞院子在半山腰，出了门，上个短坡，往前走十几步路，是个朝山腰上戳出去的山嘴，悬在半空，站上去，可俯瞰整个玛瑙川的山川河流。玛瑙川是黄土高原上一个不大的川子，曾经热闹熙攘过，如今也像中国所有的乡野与山村一样，凋敝零落，没人了。

清晨薄暮层层叠叠升起来，越过山峁的脖颈和白杨树的腰身，落在福根的山嘴上来。已是深冬，四野荒草披着散霜薄雪，被朝阳映着，一粒一粒，闪着红彤彤的金光。

磨刀的男人／63

隆冬的太阳只在早上通红这一会儿，没多久，它就会变得煞白。福根眯着眼，在短暂的红日下立了一会儿，一颗泪珠从他眼角浸出来。匍匐在山嘴的磨刀石结冰了，像一只全身挂满冰凌动弹不得的暮年虎，它立在旭日下等待太阳的救赎。福根把半马勺冷水泼上那冻僵老虎的背，水顺着冰凌清脆滑落。这并不碍事儿，不出半根香功夫，福根的刀子会让虎背上的冰和水都冒起腾腾白气来。

整整有半年了，福根每天日出日落来这个山嘴上磨刀。其他时间他要上山放羊，下地拾掇庄稼，他还是没忘记干了一辈子的这些营生。他舍不得他的土地。川里人都说，恓惶的福根啊，怕是傻了，天天磨刀，是想给女儿报仇吗？可他一个瘸腿的结巴，能走到哪去呢！

毫无疑问，福根是整个玛瑙川最能干的庄稼人。其他能干的庄稼汉，能出门打工的都出门了，最不济也在河州城的工地上搬砖头、拉沙子，去盖高楼大厦了。地里种不出钱，如今没人种地了。福根的腿不灵便，又结结巴巴说不清楚话，他不进城，依旧留在玛瑙川，种他的地，放他的羊。

虽然福根的腿脚跟舌头不灵光，但他的脑子灵光，会做事儿，又勤苦，肯下功夫。早些年，大家都种地，他放羊，规模最大的时候，他的羊群繁衍到了一百只，关了整整一个地坑院，五孔窑洞。后来大家都弃地从工了，地荒了,他把羊卖了,只留下十只山羊,清早打开羊圈放到山上去,由领头羊带着,吃完草羊群自己就下山回来了,用不着多操心。他把卖羊的钱,一部分供儿子读大学,一部分承包了川里最肥沃的河畔田地,种了苹果树、柿子树、榛子树,树种都是村委会免费发放的,说是扶持农民创业,现在都没几人愿意做农民了,树种都给了他。还有八亩地,他养了松树苗,这些树苗长到半人高就有城里人下来买,买到城里去做街道绿化。还有十几亩地,他一年四季种着小麦、玉米、高粱、菜籽、胡麻、糜子、小谷,春夏之际还会腾出河滩的两三亩石头地,种些西瓜和梨瓜。一对儿女每年放暑假回来了,最爱钻到瓜棚里去,瓜棚里有床板和被子,晚上在棚头挂上马灯和蒿药子,看守瓜田。那些害人的野猪和貒总要来啃西瓜。儿子女儿钻在瓜棚里,拿个长刀把西瓜劈开,一边啃着西瓜,一边吆喝着吓走那些野兽。

女儿最爱吃一种灯笼红品种的梨瓜。福根记得。那时他叫杏芳去集上买种子,一定会买上两包灯笼红瓜籽的。

这年冬至,玛瑙川的人都从河州城里返回村庄拜祖。
那些冷落许久的烟囱里冒出炊烟,在玛瑙川上空弯弯曲曲作着画。玛瑙河对面的黑水龙王庙,平日里锁着,今天也开门了。庙里供上了香火和花馍馍,红色幡子在屋檐上随风飘摇。人们清早揣着香表去庙上拜龙王,有人从小桥上过河走路去，有人开汽车从大桥上一溜烟就到了庙门前。男人们烧完香，从里面出来，立在庙门前抽烟。有人感叹，龙王庙破了，旧了，过年再回来，大家应该捐点钱，把庙子重新修葺一番，或盖个更大更气派的。有人点头应和，有人摇摇头，唉，修它做啥，现在谁还上庙，年轻人都不拜神了，有这闲钱，还是攒着给儿子买房娶媳妇吧。人们三三两两谝着闲传，过了河，回到村庄里来了。

响午，日头朝西偏去，福根家院落里留下半扇日影，轻晃晃移动着，那是日头翕变的翅膀。人们聚在福根家吃饭，打鼓，给已故的先人磕头、放炮、点纸钱。聚在院子的人，手里揣着一部手机，边磕头，边拍小视频发朋友圈，配文：祭祖的日子，回家寻根，给我老祖宗磕头了……在城里待久了，人们反而觉出了这乡下的有趣和放松，举着手机各处拍着，攀谈着，一派热闹融融的景象。

玛瑙川人没有祠堂，祖先的牌位和家谱都是三年一家，轮着伺候的。今年轮到福根家。福根提前宰了一头猪，这天叫杏芳煮了，一口大铁锅支在院里，柴火热烈燃烧，锅里炖着大块的骨头和肉汤。铁锅旁临时支起来的案板上，放了一摞瓷碗，锅里戳着一把一米长的铁勺，谁要喝汤，自己走过去舀就成了。杏芳还在窑里忙活，和几个女人和面，切菜，准备吃了猪肉，再让大家吃碗饸饹面。城里的饸饹面，不好吃，清汤寡水的，没味儿！那些回乡的男人女人都这么对杏芳说，"还是大伙儿聚一块儿，大锅熬出来的热汤淋上长面，那才叫一个美咧！"杏芳便叫粉娥嫂子去窑洞门口喊一喊。粉娥双手叉腰，立在窑门口朝院里喊："男人婆娘娃娃们，赶紧把锅里骨头都啃完，老娘等着大铁锅调汤咧，你们还想不想吃饸饹面喽——"

"想吃，想吃得很——不光想吃面，还想喝你的汤咧！"院儿里一个男人扯嗓子吼了声，大伙儿都跟着笑了。

"喝我的汤？回家喝你婆娘的奶去！"粉娥点起食指，朝人群中指着骂了一句。

那只小山羊，就是这时从窑面上跌下来的。跌在半空，挂在一棵椿树杈上。

黄土簌簌落下来，扑了粉娥女人一脸。女人大叫起来，转身走进窑里，从缸里舀起一瓢水来洗脸。人群齐齐抬起头，惊呼起来，仿佛发现了一个新闻现场似的兴奋，手机摄像头对准身悬半空的小羊。

杏芳跑出窑门，抬头看到悬在崖面的羊羔，吓得大叫福根的名字。福根从祖先的供桌前起身，一摇一晃走出来，看到椿树叉上挣扎的羊羔，它的腿脚乱蹬着，崖面的土块被蹬得啪嗒啪嗒往下掉。

福根认出了这只羊。这是今年过端午时长须母羊刚诞下的一只羊崽，也是母的，如今已长到半大了。

母羊诞羊羔那天，女儿刚好放学回家。女儿在城里念书，高二了，学习时间紧迫，一个月回家一次。她手里捏着书本来到羊圈，看父亲为母羊接生。小羊的头出来了，身子还卡在里面，父亲口齿不清喊女儿的名字，蓝蓝——蓝蓝——他打手势叫女儿进来帮他一把，把羊腿摁住，这羊难产了。

十七岁的女儿看到这个鲜血淋漓的接生场面似乎有些惊吓，又有些害羞，远远地站在窑门前不愿挪动。但她毕竟是农家长大的女娃，懂事，勤劳，踌躇了半刻就进来了，把课本放在一旁的羊槽里，弯下腰帮父亲安抚那只可怜的母羊。一炷香时间过去了，母羊顺利诞下羊羔。福根把一盆小米面汤端到母羊跟前，母羊艰难地站起身，把头伸进脸盆里喝米汤。不大一会，那只小羊也颤颤巍巍站起来，试探着往前走了几步，便跪下前腿去母羊身下吃奶。女儿看到这一幕，眼睛里闪起泪花。爸，羊羔子真坚强，我也会，像它一样。

女儿当时说了这么一句。福根欣慰地点点头，那时他以为，一切都过去了，女儿会好起来的。

杏芳在院里乱窜，嚷嚷着找到木锅盖，盖到那口大铁锅上。

落进了土，肉汤就喝不成了。她嘴里不停念叨。

福根一瘸一拐穿过人缝儿，在草棚的木梁上找到一根长绳，他把绳子取下来匡在胳膊上，又进厨窑，从炕席下取出那把刀，别在腰上。走出院门的时候，他回头望，羊崽还在椿树上蹦跶。母羊在崖顶上朝下呼号,蹬着蹄子,急切地呼唤她的孩子。人群中响起尖叫声,要掉下来了吗?啊,快掉下来了——

福根本想叫个人跟他一起上去的。他环视一圈,发现他的婆娘急着收院里的菜碟碗筷,其他人捧着手机仰头呼喊。他把手放在那把刀上,紧紧攥住,喉咙里发出一个沉闷的咳嗽声。他转身,踉跄上了坡。

母羊见福根上来了,奔过来跪在福根身下,蹭他的裤腿。一双羊眼里,泪汪汪的。福根摸摸母羊的头,放心吧,他似乎在说。相比于跟人相处,福根更愿意和牲畜待在一起。动物的灵性和善意常常比人实诚,这一点让福根感激,跟它们在一起时,他不会孤独。

福根将那把三寸长的刀子插进一个长草的小土堆。这样的土,内部有草根勾连,往往比较结实。他把绳子绑到刀把儿上,来回拽动,试探着绳子的牢固程度和承载力。或许是嘶叫得累了,小山羊嗓子已沙哑,它无望地安静下来。

下方院里的吼叫声又惊扰了它。羊娃子,你倒是动一动啊,是死了吗——没死没死,又动弹喽——动弹拍起来好看——

安静下来的羊羔又开始四蹄乱蹬。椿树枝摇摇欲坠,再攒动,就要折断了。福根心里着急,想让底下的人闭嘴,不要再乱吼乱叫了,可他张口,只发出一阵咿咿呀呀浑浊不清的声音。

　　他并不是个哑巴,他只是结巴,他还是可以说出一些话的。可此刻他张开了嘴,却吐不出一个字,他的声音仿佛被什么东西吸走了,一吐出来,就变成了无力的哽咽。他只好拔出那把刀,把它举起来,朝下面的人挥舞,不要说话,不要拍了!他本来想告诉他们这样的意思。可他日日打磨的刀子太过明亮,在崖顶上划出了一道炫目的光芒。人群再度响起一阵尖叫,手机镜头朝上,齐齐对准了他。"福根家的羊跌死了,福根拿着刀子,要跳窑面子了!快看啊——"他们这样嚷道。

　　福根感觉自己的耳朵嗡嗡地响,要裂开了一样。

　　这些话像一支利箭,直直地射在福根的脑门。他想起女儿坠楼那天的情景。那是七月的一天,他开了拖拉机去镇上,和杏芳在集市上卖西瓜。他们的西瓜个大滚圆,瓜甜瓤红,好卖地很。只是那些买瓜的年轻人不付给他钱,硬要他捣鼓出个什么二维码,说可以直接付钱到他的手机。福根不太相信手机,他给婆娘打手势,要买西瓜,就给人民币。可那天遇上了好些人,都拿着手机说扫码给他付钱。福根看看周围的摊子,他们的摊位上都立着一个纸牌,上面印着那个叫做什么二维码的东西。福根不懂这些东西,但他知道自己落伍了,改天儿子女儿回来,要叫娃娃们教教他。

那天后半晌,福根没心情卖瓜,让杏芳守着,自己坐在拖拉机后面的一片阴影地上卷纸烟抽。他的手机响起来,是摩托罗拉的一个按键手机,已用了七八年,一个亲戚用旧了匀给他的。儿子毕业后一直说给他买个新的智能手机,他不要,说这只旧的用着挺好,习惯了。电话是女儿班主任打来的。他说女儿在城里商场的高楼顶上,已经快一个小时了,不肯下来。

女儿怎么会跑到楼顶上去呢?福根给杏芳做手势,把摊收起来,得赶紧进城。县上距河州城六十多里路,他们开得飞快,西瓜在后车厢里被磕得四分五裂。到了城郊,福根的拖拉机被挡住了,农用车辆不能进城,穿制服的人说。他打手势,说去看自己的女儿,她要跳楼,在商场的楼顶上。没人听懂他说什么。杏芳已哭得说不出话。他给杏芳打手势,叫她留下来看住车子和瓜。他转身,在街道上拦了一辆出租车。这是他人生中第一次坐出租车,可能会很贵,没关系,腰里揣了些钱。他脑海里反复响着老师那句话,蓝蓝要跳楼!

蓝蓝怎么会跳楼呢,她是个好孩子,学习虽不如她哥好,可她从来都不让家里人操心。周末回家,女儿总帮着他和杏芳干活。女儿烙的面饼子比杏芳烙的还软和。她爬到楼顶上做什么?难道女儿心里还在委屈?可那件事儿已经过去了。他要快快地进城,告诉女儿,啥事都会好起来的,天底下没有过不去的坎儿。

福根到现在都没明白那个事情到底是怎么发生的,像做了一个梦,梦里他的四肢仿佛被什么捆着一样,使不出一点力气。当他赶到的时候,那里已围得水泄不通,那么多的车子扭在一起,那么多的人围在一起。他们在喊什么,他听不清楚。这里不是玛瑙川,在川里,只要他的放羊鞭一甩,隔山都能听见呼呼的惊天响声,野兽闻此而丧胆,他的羊群也会因此而重新聚拢山渠。他提着自己的一条跛腿往前挤,他想挤到人群前面去。可是人和人拥在一起围成一道道墙壁,遮天蔽地的,他喘着粗气,不知该往哪里钻。他的四肢没有力气。

在他身旁,一个年轻小伙喊叫起来,对着手机屏幕,右手食指在面前挥舞:我打赌会跳的吧,你们还不信!恓惶地很……

福根凑过去看了那个方方的屏幕一眼,上面被切割成更小的几个方块。其中一个方块里有人在说话,一个方块里有人捂着自己的脸,一个方块里是眼前这个小伙挥动的手,还有一个方块黑黑的,里面什么也没有。小伙看了他一眼,耸耸肩,手指在那些方块中滑动了一下,四个小方块变成一个方块,里面是一个黑影从大厦顶坠落的画面,看起来像一只正在飞翔的鸟被一只弹弓打中,原本的直线飞翔变成一个弯弯的弧度,而后迅速下坠——接着周围响起刺耳的尖叫。那些声音是从手机里传出来的还是周围?福根分不清楚,他看见有血似乎弥漫开来,从手机画面上漫出,漫过层层叠叠的人群,漫过整个广场,漫过蔚蓝色鱼鳞状的天空。他跟着那一团红色推开人群往前走,走到警察拉起的黄线跟前。越过黄线,他看到了女儿,被盖在一块白布下面。

福根听见班主任老师在旁边说话,安慰他。他不住地点头。他的左腿颤抖地厉害,他不得不把自己的左手摁在大腿上,狠狠掐住才能止住那种抖。一个年轻警察小伙从楼里出来,满脸的泪,腰里绑着绳子。他走过来,抱住福根一声长嚎:

"我本来可以救她的,她的手都向我伸过来了——"

小羊羔还在半空挣扎,它又咩咩地叫起来。福根看着它,仿佛看见蓝蓝伸手在向他呼救。他给自己的腰上绑了绳子,绳子另一端系在插进土里的刀把儿上。

嘿,福根,你干啥呢?不就一个羊羔子嘛,你不要命啦?让它摔下来,摔下来咱们吃羊肉,喝羊汤,不都是一样的嘛——

底下的人呼喊着,喝羊汤,喝羊汤——

福根弯腰拾起一个土疙瘩扔在那人头上,人群中响起尖刺似的喊声。

有人跑上坡,小跑到福根跟前。"老哥,你年纪大了,吊下去绳子断了咋办?不就一只羊嘛,甭拼命!咱划不来!"上来了几个男人,围住福根,七嘴八舌劝他,不让他把自己吊下崖面去。福根固执,他搡开人群,往自己的腰上绑绳子。

有人出主意,指着上来的年轻男娃娃,"你们谁下去?你们娃娃,身子轻,我们哥儿几个吊着你,保证安全,莫让老哥自个儿下去。"年轻男娃们一听要吊自己,都把手机塞兜里远远躲开了,站在远处的土梁上看热闹。

"现在的男娃都不行,怂得很!再说也不好给人家吊下去,要是出个啥事,咱们也负担不起,是不?回头为了一只羊,再赔上一条人命!"崖顶上有人说了这么一句,大家跟着附和,"干脆拿个啥东西,把羊羔子捅一捅,掉下去算了。羊羔子跌下去了,老哥就死了这个心。"

福根转身拔起刀子,指着说话那人,双眼通红,似要冒出火来。冒火的刀尖在说,你们谁要敢拦我,我就捅谁。于是人群都让开了,没有人敢再拦那个疯狂的残疾男人。他们不约而同抓住了绳子的另一头,把他放下了崖面。

福根顺着黄土崖面往下溜,松疏的黄土被他的双脚和双手抓落,纷纷离开风吹日晒的墙面旋飞下去。院里站着的人堆张大嘴巴观看,嘴里吃了黄土,四散躲避着,又是一阵惊呼。只是那手机的镜头里,依然直播着紧张刺激的一幕,有人给视频起了吸引人的标题:乡下残疾老汉舍命救羊,一根绳子命悬山崖。

羊羔被福根抱进怀里的时候,福根感觉到小羊的肚腹在拼命颤抖,咚咚,咚咚,像刚从羊胎里落出来那样柔弱。

福根的一只手仍抓着绳子保持平衡,一只手抓住羊羔,把它藏在大衣下面。"抓住了,往上拉,往上拉——"福根听到头顶的喊声,绳子开始往上走了。福根用单着的那只手抓着疏松的墙面往上攀援。一只脚用不上力,另一只脚蹬掉了墙面上的土块,所有重力都集中在腰间那根绳子上。福根感到自己的腰,要被那绳子勒断了,骨头发出了抗议的嘎蹦声。上面那伙人齐声呐喊,一齐使劲儿,把福根吊了上去。随即,底下院里响起一片笑声与欢呼的掌声。

羊羔放在地面上,它的腿发软,蜷缩成一团,一时半会还站不起来。母羊跑过来舔舐羊羔的肚腹。福根瘫在地上,被人晃悠悠拉起来。"别躺了老哥,大冬天的,地上凉,去炕上缓缓。"有人在旁边说。福根抱着羊羔,人群搀扶福根,他们气势荡荡下了坡,朝院里的女人走去了。

"哎呀啊,真是虚惊一场,今天真是该烹了这只羊,犒劳我们的英雄战士啊。"人们围着那只羊,争相摸它的头,要与它合影自拍,这是一只无比幸运的山羊。

福根默默在旁边站了一会儿,冲进去,抱走了他的羊。他把羊抱进偏窑里,藏在炕上的被窝,盛了一碗清水放到羊羔嘴边。它喝了几口,感激地舔舔他的手。

黄昏时分,天上飘起了雪花。人群渐渐散去。

有人开车回城,说明天还要上班。有人跑回自家窑洞,把多日未沾身的火炕扫一扫,铺一铺,炕洞里塞上柴糜和玉米秆,点燃了,浓烟滚滚地往外冒。玛瑙川的四角天空上,同时迎接着无数片白雪和无数股白烟的纷扰。

"哎呀呀,下起来了,下起来了,这雪说来就来。"

人们弓着背,弯腰哈气,缩着袖子边打招呼边往回走。像多年前熟悉的一切那样。

小羊羔缓过来了,在炕上活蹦乱跳的。杏芳忙活着,骂起福根来,"把你个奶亲得很,还给我放炕上,明儿你再顶到头上去!"福根便把羊羔捉了,抱到羊圈去,跟母羊放到一起。他往羊圈又加了些干草,今晚,怕是冷得很。他心里想。

拾掇好院里的家什,福根又揣上那把刀,上了山嘴。

他在山嘴上垒起一堆篝火,火焰滋滋上升,火舌吞没飘落下来的片片白雪。

夜幕正拉下来,山嘴上红彤彤的火光,也算一片喧闹妖娆的夕阳晚霞了。福根从裤带下掏出刀子,往手指上试试,刀刃儿已利索地很了。但还需要再磨。总得让他干点儿什么,不要让他停下来,只要一停下来,他满脑子都是女儿白净的笑脸。从夏天女儿跳楼那天之后,他就开始磨这把刀。学校和电视台的人都说,女儿是跳楼自杀的,他也在手机视频里看见了,是女儿自己跳的楼。但事情原本不该这样的。

是他自己疏忽了。当女儿告诉他,那个教导主任在宿舍里对她动手动脚的时候,他就应该让女儿退学。退学了,就算回家放羊，女儿也是他的好女儿。

他没本事给女儿转学，转学要走关系，要掏钱。他想着这笔钱或许可以省下来，儿子马上要研究生毕业了，参加工作要送人情，儿子要在城里买房子，结婚，作为父亲，这些都是他的责任。他虽腿脚不便，说话结巴，但一辈子都是刚毅的人，他要强，想要把日子过到别人前头去。儿子为他争脸，女儿，也应该刚强一点。"做人不能柔柔弱弱，你弱了，别人就欺负你。"那次，他把女儿送到山顶赶进城班车的时候，女儿低着头，隐隐约约说出了自己的伤心事。那次，他应该做一些表态的，或者，应该抱抱女儿，但是班车来了，喇叭声打得很响。他用力地打着手势对女儿急促地说，你要是强一些，他敢动你？好好读书，啥事不想，他要是再敢动你，爸拿刀子捅了他。你也不要哭哭啼啼，要是学校过不下去，那就回来，不要读了！

女儿拼命点了点头，上了车，车子扬起一卷沙尘，远去了。

这是春天的事情了。自那之后，女儿的话变得很少，回家来，整个人神情恍惚。他走到女儿跟前，问她在学校过得咋样，女儿总开心地露出笑脸，没事，爸，就是学习很紧张，同学们都讨论着，大学要考到哪儿去。

那你呢？他问女儿。

女儿把头偏向一方，眼睛看着很远的地方，我也不知道，还没想好，哪里最远我就去哪里，我只想到很远很远的地方去。

跟你哥一样，考北京吧。他拍拍她的肩膀。她缩了回去，点点头。

这样的谈话，总是以这一句结束，接下来，就没有话要说了。女儿嘴唇紧闭，只是笑着，不愿再吐露一个字。他以为，女儿大了，有自己的心事了，便不再多问。

女儿的自杀，跟那个教导主任肯定脱不了干系。福根不是没有为女儿的死因挣扎过，女儿刚去世那些天，他叫儿子写了状子，投了法院。法院派了警察下来调查。校长也把他叫去学校，跟他谈。儿子陪着他去。儿子在北京研究生毕业后，回来河州城唯一的一所大学里做了教师。儿子一直是他的骄傲。

那个教导主任就坐在旁边，给他递茶。他一把打翻了茶杯，热茶扬起来，洒到那主任的衬衫上。主任用手抹了抹，还是对他笑了。那个笑很难看，像一张树皮被斧子剥开。他真想掏出腰间那把刀，捅了他。

那天后来的事，他记不太清了。几位穿西装的老师，还有什么律师，把那些材料举到他面前，说万一真的打官司，局势对福根父子没什么好处。他们说女儿有一种叫作抑郁症的病，那个病看不见，它藏在人的心里，像一颗苹果从里面开始慢慢腐烂。福根不太听得明白他们在说什么，一切，都是27岁的儿子在跟他们谈。那个教导主任跪到了他面前，说自己是无辜的，蓝蓝生病了，他只是惯例去查宿舍,碰到了一个生病的女学生,对她多关心了几句而已,福根老汉失去女儿,他也非常痛心,非常难过。福根的左腿和右手一起颤抖起来,他不得不用自己的左手压住右手,把它们叠放在膝盖上。他感觉自己的嘴唇也在抖。旁边的儿子迅速起身,扶起了那个主任。后来,儿子就带他出了校门。

回家路上儿子告诉他,这场官司我们打不赢,妹妹被欺负是一年多以前了,现今没有有力的证据,是的,妹妹是留下一封遗书,但里面也未具体指出就是他,打官司还需要大笔费用。如果庭外和解的话,他们说,可以得到一笔赔偿金,毕竟,蓝蓝是在上学期间出的事,而且,蓝蓝那天跳楼,本来救援人员已经快抓住她的手了,可站在下面那些人,他们,是他们的喊声……

儿子说了很多,说到接下来的生活,说拿到赔偿金,可以在城里首付一套房子,他要把他们接来城里一起住。还有一个机会,县城街道刚建了一匹新农村安居房,三层小楼,咱家出了这样的事情,新闻影响很大,乡上领导说,可以给咱家一个指标,当是重点扶贫了。

福根点了头,那就不打官司吧。他手放进衫子下,摸了摸腰上那把刀,对儿子说,在城里买房——买房吧,你也该娶——娶媳妇儿了,甭管我,等我死了,把我埋在——埋在玛瑙川。

这几个月，福根不能说服自己停止磨这把刀。他曾揣着它，在学校周围埋伏了好几个星期，他一直在等那个人的出现。

刚开始的两天，根本没发现那人进出校门，他难道专门躲起来了？后来他才看见那人都是开车从学校后门进的。福根又躲到后门去，一等就是一天。天暗了，那人又开着车离开了。他没有机会动手。城里的车流多得让他眩晕。晚上，他顺着那条路一直走，走到市中心小什字街上去，走到女儿出事的那栋玻璃大楼下。他找一些废纸垫在地上，靠着那栋楼睡下，楼真高啊，挡住了天上的月亮。有年轻男女从他身旁嬉笑走过。他把手放到腰间，摸着那把刀一直睡到天亮。天亮了，他继续去学校后门观望。

终于有一天，福根看到那人没开车出来了，戴着近视眼镜，背一个皮挎包，走得很快。福根跟着他。他想，如果那人拐进一个小巷子，只要没人，他就拔出他的刀。这没什么困难的，就当宰一头年猪，刀子进刀子出，血流出来，然后一切都结束了。那人果然拐进了一条小巷，左拐右拐，走得匆忙鬼祟。福根腿脚不好，跟不上。可这些天，他早已把这几条弯弯曲曲的小巷打探清楚了，像走山上的沟渠一样熟悉。他转身拐进另一条巷子，从那头可以截住那人。

好了，那人过来了，正在往来走——他还没有发现他，急匆匆地低头走着。福根把刀子外面包裹的一层报纸褪掉了，紧紧握住刀把儿，站在尽头等他走来，刀子虽然还在他的大衣下遮掩，但他已看见，亮晃晃的刀尖如一支闪电射中了那人的胸膛……

哎呀，借过一下——一个路过的女人打断了他。那女人提着一塑料袋青菜从他面前走过了。他闪了闪身，让开一条道儿让女人过去。在那个间隙里，那人好像发现什么似的看了他一眼，快步从他身旁经过，拐进另一条巷子去了。

福根追赶了两条巷子，在另一条小巷的尽头，他终于再次看见了那个人。他挪动着朝他走过去。这时，他看见，那人的旁边，还站着另一个人——是福根的儿子。儿子从那人手里接过一个纸包，迅速地放进自己包里。接着，那人一转身，走掉了。

福根发了疯一样追上去，手里扬着那把刀，跛腿跑出一道滑稽的波浪线。

"爸——你怎么在这里，你干啥！"

儿子发现了他，一把揽住他的腰，杀人是要偿命的，爸——爸——他听见儿子的呼喊耳边响起。他的刀尖对准儿子，你拿——拿钱了？

爸——儿子跪在地上，抱着他的腿。儿子带着哭腔说，妹妹已经走了，回不来了，可活人还得活着不是！学校赔了三十万，这里是十万，是我逼他要的，是他该拿的！爸——小晴怀孕了，我们马上要结婚，有了这十万，刚好够房子装修……

福根一把推开儿子。他举着那把刀,夕阳烈火一样洒下来落满他全身,他哭嚎着,可是寸步难行。街上的人逐渐围过来,观望着,有人打电话报了警。

爸,快走吧,警察要来了——

儿子拉着他离开了那个街口。

雪花飘飘摇摇落下来,老虎石的后背上覆了毛茸茸的一层。福根把刀子放上去,开始了每日黄昏的打磨。后来,他还偷偷去过几次学校的后门。有一次,福根又看见了那个人。他看见,那人怀里抱着一个小女娃儿,女娃儿刚放学的样子,背上背着一个小小的粉红书包,摇摇晃晃扑进那人的怀里。在周围纷纷扰扰的人群中,小女娃在那人的脸上亲了一口,叫, "爸爸——爸爸——"

爸爸——爸爸——

爸爸——爸爸——

福根回过头,泪水弥漫了一张黑脸。他颤抖着,把放在腰上的手拿出来,抹掉了脸上的泪,往车站走去。

雪越下越大,柴堆里的火苗明明灭灭,被山风吹地左摇右晃,火势大了又小了。福根往火堆上添了几根木头,把刀子的另一面翻过来,在虎背石上磨起来,刀子碰上石头,"嚯——嚯——"低低地怒吼着,像冬天的冰凌生出的刺。

这是一把普通的杀猪刀,从爷爷手里传下来,用了几辈人了,是玛瑙川老铁匠打造的,不知已取了多少年猪的性命。今天是腊月二十三,马上过年了,儿子要把女朋友领回家来过年,听说也是个人民教师。做教师好,收入稳定,生活也稳定,教书育人是个光辉的职业。

　　天还没有完全大亮,福根从羊圈里牵出了那头母羊。化险为夷的那只羊羔还在熟睡当中,它把头蜷在肚腹上,睡得一起一伏,小耳朵时不时抖动几下,它或许在做着一个甜蜜的梦呢。母羊仿佛预感到了自己的命运,乖乖低头跟着福根走出槛栏。

　　火愈烧愈旺了,火舌舔着片片雪花滋滋响着,摇曳着,终于蹿升起来,张开了血红的大口,仿佛要把整个玛瑙川混沌的冬日黎明给一口吞下去。母羊站在一边,垂首待命,福根拿着刀子朝它走过去的时候,它的眼睛里蓄满了泪。它没有挣扎,顺从地跟着缰绳走到了老虎石旁。

　　雪又大了起来,福根哈了口气,把母羊的头按在石老虎的脖颈上,一刀捅了进去。

　　他拔出刀子,长长地舒了口气,转回身,那只小羊羔站在他的身后,看着他。

　　山嘴上的火熄灭了。福根用手抓着莹莹的雪的尸体,把刀刃擦洗干净,插进裤袋,点起一锅烟,一闪一晃,踏着月光似的白雪下了坡。

彩 礼

1

人们素来以"沟壑纵横,千峁万墚"来形容黄土高原,黄天厚土,广袤无垠,沟沟道道。董志塬,是黄土高原上最大的平原,唯一的一块丰饶之地。

董志塬的边上,有个焦村乡,乡上有个大集市,每逢农历日子末尾的二、五、八开集。开集那日,各地商贩、手工艺人爬塬上峁,开着三轮摩托车、面包车、东风卡车聚集此地:卖服装鞋子布匹的、卖擦脸抹油日化品的、卖蒜头大葱鲜蔬菜的、卖葡萄香蕉嫩水果儿的、卖辣椒面子火锅底料调味品的、卖铁锅锄头洋瓷尿壶的、卖烤鸡油糕凉皮儿饸饹面的、卖猪仔牛犊大黄狗的、卖菜籽花椒胡麻油的、卖洗衣机彩电摩托车的、卖书本橡皮儿童玩具的……琳琅满目,应有尽有,天上地下无所不包,无所不有。

这集市啊,有长久的历史了,在好几辈人的记忆里,这里一直都是个货物交换中心,惹人眼馋得很,每逢二、五、八的日子,方圆百里乡镇村庄的人都要到这里来赶集,穿上时新的衣裳,皮鞋擦得油亮,三五成群约着来,过节似的。近三十年来,这集市的占地面积沿一条主街道疯了一样往四周扩张,没有丝毫要停下来的意思,集市上的货物也逐渐堆积成山,人山人海中摇摇欲坠。街市依着自北向南的布局,依次排列着家电市、服装市、香料市、杂货市、牛羊市、菜市、鱼市、粮市……听说近几年还新添了一个市——相亲市。

这焦村乡的相亲市场啊,过年期间最火热,那些从外地或西峰城里打工回来还未结婚的年轻人,都要到这集市上来瞅一瞅。瞅也不能白瞅,想要确确实实找对象的,要到街道上的一家"一线牵"姻缘婚介公司登记,二百块钱登记一次,拿了牌子,然后男一圈,女一圈,站到街上观望去。红色布条框起一个大圆圈,男男女女站进去相互瞭望,看上哪个,问旁边的牵线人拿那个人的姓名八字,若要手机号或微信号,则要另加钱(工作人员事先规定啦,不能私自给别人微信号或联系方式,就算你看上了也不能自己给,否则遇人不淑,出了事儿概不负责)。

相亲市场异常火爆,年轻人都争着想去试一试,那未成婚的年轻女子想去试试自己的美貌,那未婚的男娃或老汉们更想去凑凑热闹。可这市场上，自建立以来便有个怪象，男女比例不上秤，不平衡，男多女少，邪乎得很！搞得每次那红布圈儿里五个女的被十几个男的抢，有时打得不可开交。工作人员为了维持秩序，直接一个一个点兵点将："贾婷婷，二十三岁，医院护士，长相你们也看见了啊，长得乖得没话说，大美女，你们能出多少彩礼的，直接说出来吧，别打个鼻青脸肿还不知道为啥——十二万，十五万，十六万，十八万，二十万，好，二十五万，不错，两个二十万，三个！婷婷你自己挑去吧，三个帅哥供你挑，看上哪个跟哥说，好姻缘就在一线牵姻缘婚介所！啊——哈哈！"那穿着白衬衫伪娘似的工作人员又适时喊起了口号。

那女孩便在人群中瞅了一会儿，要了其中两个男娃的微信和电话。

翠翠舍不得花钱，陪大聪在红圈外的人堆里张望了半天，看到这一幕忍不住放声大笑："这怎么像是卖牲口似的！嘿，再看看牙口咋样啊？牙口不齐的话，身子可不行，不会生养咪——"

婚介公司有明确规定：凡来此相亲，注册登记入相亲库的，缴纳费用二百元；要对方电话微信的，一个一次五百元；撮合恋爱成功的，缴纳费用一千元；成功结婚的，按彩礼的十分之一收费：比如，彩礼二十万，需缴纳介绍费两万元。婚介公司会全程关注和监督每一对相亲人的恋爱进程，按照进程及时缴费，成与不成，记录在案，中途不允许逃脱公司视线私自恋爱，否则双倍责罚，永久不得再入相亲库。

翠翠站在婚介公司前台的玻璃前看了一回，偷偷跟大聪说，"那是骗人的，不靠谱，别花冤枉钱。"

"嘿——姨，咋说话呢？"刚才那细腰长腿的白衬衫经理出现在翠翠身后，"行情就是这么个行情，凡花了二百块入了我们公司相亲库的，光去年一年，就有三百六十对恋人走进了幸福的婚姻殿堂，收费不贵，到底想不想娶媳妇，你们自己看着办吧。"

大聪听了白衬衫经理的话，激动地脸庞通红，"你们一年真找了这么多媳妇儿啊？"他推开翠翠死死缠住他的手，跟着经理兴高采烈进了后面的办公室。

那经理口若悬河，说得大聪云里雾里地转，心甘情愿全套登记注册，一轮下来花了近千元，也终于拿到了进红线圈内的号码牌。

农历腊月二十八，人称"赶鬼集"，明天后天就过年了，这是一年的最后一次开集，再不赶就要等到下一年的正月十五了。鬼们啊，也在这天出来买年货过节，人人鬼鬼挤在一起，那个人山人海摩肩接踵啊，简直没法形容！

大聪便是在腊月二十八这天，去集市上相亲去了，他要抓住最后的时机瞅个媳妇儿去！傍晚六点的时候，大聪回来了，活蹦乱跳进了屋，说是拿到了一个女娃子的号码，那女子叫小娅，大眼睛，圆圆脸，好看得很！

"赶鬼集上看的女子，小心是个鬼咪！"翠翠朝着腰肢扭摆的大聪戳一指头，"成不成，还远着哩。"

2

当黄土高原上的落日醉酒似的糜烂坠落，陇东大地陷入一片盲目金光。高天厚土，金翅晚霞，暮光里跑出一个女人。女人从一块无垠的绿色瓜田里斜窜出来，提着两瓣儿光屁股，嗷嗷地叫着，一对奶子左甩右打，追着土路尽头渐渐沉堕的红日。

三岔路口的水塔下，那些聚在一起做着十字绣、谝着闲传的婆娘和男人们热闹开了，叽叽咕咕，指指点点。男人们斜睥着眼睛，谁都瞅见了那毛丛里含混不清的女性生殖器，像个蝙蝠在飞；女人们掩嘴而笑，用花花绿绿的丝线轻鞭着身旁某个男人，他说了一句荤话，惹得婆娘们都要红着脸上去揪他耳朵。若是自家男人，那婆娘便用针对着男人双眼："再看，你再看，信不信我戳瞎你个驴日的眼！"

只有梅子奶奶站起身，朝着瓜田大喊："翠翠，翠翠啊——快来，你家媳妇又脱裤子咪！赶紧的快些儿，你再不来，连喂娃的奶头都给人嘬光了！"

做婆婆的翠翠从瓜地里撺出来，手忙脚乱地挥舞，问：

"又跑啦?"手里还攥着一株刚从田里拔出来的灰条条草,一边跑,一边骂:"我把她个瓜妈,这瓜怂,害死个人!"冲上去就用半人高的灰条子朝媳妇沟蛋子上抽下去,"裤子呢?你老脱裤子干啥?"

媳妇躺倒在地上不走了,一双眼睛惊恐无辜地望着自己的婆婆。翠翠兴许看着又心疼了,撇掉手里的长草,伸出手来说,"走吧,小娅,回家。"不成想媳妇一转眼又嘻嘻笑了,撕扯着去脱自己的上衣。婆婆掀下衣衫去捂肚脐,她又拉上来露出胸脯,忽上忽下,拉拉扯扯,过家家一样。

这时,水塔下看戏的婆娘男人憋不住了,七吼八叫地出主意:"翠翠,打呀,找个棒子吓吓她!不打,她不听话,故意给你丢人的她!"

翠翠逼得急了,起身转了个大圈儿,弯腰使劲儿,把路旁一棵开着大花儿的向日葵拔下来,轮着葵花秆唬媳妇:"往起走!再不起来我捶你!"说着便把一朵葵花那笑盈盈的大脸盘拍在了媳妇的光腚上。

"哎哟,我的向日葵"——邻家一个叫秋红的婆娘嚷嚷开了:"你媳妇的沟蛋子土里滚的,不值钱,我这葵花籽可是朝天长的,稀罕着呢,我还等着到了八月十五炒着吃!"

"你值钱得很,给你——"翠翠把葵花秆朝着人堆里扔去,几乎拍到了那秋红的脸上去!她拽着媳妇的衣领,一步一个趔趄朝自家门院走去了。

"锤子东西嘛!花了二十万娶回来个疯子,还把人能得上天哩!"秋红朝着烂熟的夕阳啐了一口,踮着脚把那折断的半个向日葵,朝着翠翠的背影使劲儿撇过去。

3

谁能想到,当初清清白白一个大姑娘,花二十万娶回家,咋就一晃眼变成了个精神病人?

翠翠无论如何都想不出个来由去脉,她只好将这一切都归咎为大聪——那个不是她亲生的儿子,那个瓜怂、半吊子、二杆子娃!要不是他,好好的媳妇能变成今天这样?一摞小山似的人民币能打了水漂,一点回响都听不见?还不是这瓜娃给逼的,给硬生生把个大活人给逼疯喽。

大聪脑子是有点儿一根筋,做事认死理,别人起哄不得,一旦哄起来,便以为老子天下第一,杀人越货的事都敢干。大聪有个癖好,喜欢干净。每晨洗脸,都要把胡须刮得一丝不生,拿个梳子,在洋瓷盆里蘸着洗脸水,把头发梳得水油锃亮。十五岁了还在念小学四年级,学老是升不上去,那三七头倒是梳得有模有样。有天早上,被他爸荣富贵一脚把洋瓷脸盆踹翻在厨窑地上,水洒了一地,溅到了大聪笔直的裤管上,大聪一扭嘴,生了气,去了银川,跟着叔叔伯伯们做活儿、打工,再也不曾回到学校。十年过去了,他在外打工会赚钱了,时不时乘着飞机去西双版纳旅游,去那里看风景,顺便出钱让那里的美女替自己开发身体。偶尔回趟家,依旧端着镜子照来照去,对着镜子里那个脸蛋红灿灿,发型一丝不苟,衬衫领子清洁无瑕的男人频频点头,满意不已。

"赶紧给他找个媳妇吧,看看他,哪里有个男人的样子,要别扭死个人!"父亲荣福贵看不下去了。

荣富贵一生老老实实本本分分勤勤恳恳,偏偏摊上这么一个儿子,他是哑巴吃黄连——有苦说不出,这个儿子就像人生的一块卸不掉的伤疤,时时黏缠着他。富贵在离村子三十公里外的西峰城里打工,以前做家具,现在做装修,靠手艺吃饭,不求天不求人。因为手艺好,办事牢靠,总也能接连不断接到活儿干,赚的自然也不少,足以维持一大家子人的吃穿用度。

富贵是再组婚姻,和现在的妻子翠翠是二婚。在他无比年轻的时候,母亲曾给他娶过一个老婆,他那时是木匠学徒,天天在外干活儿不着家,有一天回家,家里突然就多了个长辫子姑娘,站在炕边背对墙面不看他。母亲把他推过去,说那姑娘是他媳妇呢,她已托人定亲啦。就那样莫名其妙地结婚了,莫名其妙她就怀了孕,他很少回家,也不想她,有一年和师傅去泾川干活儿,干了半年,再回家来,发现炕头上多了个娃娃,母亲说那是他的儿子,名叫大聪。他觉得恍惚,怎么家里就突然多出来个娃娃?他只看见媳妇披头散发地站在院子中央,仿佛跟太阳较劲儿一样,半天不知道晃动一下。他又跟着师傅去了银川做活,这次一去就是整整两年,再回来,母亲手里提着棍子敲他的肩膀,哭着问他为何长时间不回家,你媳妇疯啦,跑掉啦!院子里一个小男娃腾腾地跑过来抱住他的腿,叫他,"爸——爸——我要吃糖!"他觉得心烦,一脚踹开了!娃儿哭了,母亲跑过去抱着哄,转回头骂他是个驴日的,自己的亲娃都舍得伸出那驴蹄子来踢!大聪从此就被奶奶带着,只跟奶奶亲,看见他就躲,跟老鼠见了猫似的。

后来富贵在西峰城里遇见了翠翠,翠翠也离过婚,带着一个女娃,听说娘家炕上还放着一个女娃。他喜欢翠翠的高挑个头和光洁脸盘,她话不多,人也善良,干活儿劲儿大,他就娶了她。婚后又生了一儿一女,儿子女儿长得又漂亮又聪慧,一点不像前妻生的那个愣怂娃。他很高兴,果然媳妇娶对了,后代都大不一样。心气儿好了,干活儿劲头足,他啥都不图,就图个家庭美满。

大聪在这个家里,始终躲着他,像个儿子又像个外人似的长大了。

富贵虽爱大聪远不如现在的小儿子,但他毕竟是个老实可靠的陇东汉子,重孝义,尽父责。如今奶奶已经走了,再怎么说,大聪是他奶奶的心头肉,作为父亲,也该为儿娶妻成家,尽到一个做父亲的责任。只是这大聪,是个半斤八两,谈个恋爱也不会,成天在外面跑,网上女孩也聊了不少,每逢过年就站在院子中央打电话,扬着手机跑进屋来说哪个哪个女孩要见他,癫三癫四跑出去约会了,可终了,也没见往家里领回来一个。眼瞅着二十六了,也没说上个媳妇儿,邻里亲戚们有合适的女子,也不愿意说给大聪,都知道他是个愣怂二杆子,还得过心脏病,在西安的大医院里给胸口上缝过一条蜈蚣似的长针。到哪里给大聪找个媳妇儿呢?彩礼不是问题,他早早就备好了,只放出话去,求亲朋好友遇见合适的给他儿子撮合撮合。

看着荣家还算殷实可观的家底儿上,看在那一座阔裕豪气的乡村庄院上,亲戚们倒是给说了几个女子,把电话微信给了大聪,叫他们年轻人自己去谈。大聪在微信上谈得不错,天天卿卿我我、如胶似漆,还没咋地都已经"老公老婆"地唤起来了呢!不成想,去见了几个,无一例外,"见光死"了。回来问大聪,"咋回事啊?"大聪说,"那女子走在街上就爱逛商店看衣服,走了一天,天都黑了,一件儿都没买,只问我咋样儿?我就说挺好的,你买了吧,她也不买,最后还生气了,说跟我逛一天,一瓶水都不给她买。我说你要喝水提前说啊,我咋知道你渴得很……"

翠翠听完大声笑了:"你个瓜娃,人家女子看衣服,就是想让你给她掏钱呢,一件衣裳又不贵,是不是?"

"咋不贵,两百多呢!还不是我媳妇,我凭啥给她买?"大聪气鼓鼓地双脚跺地,"我就不想给她买,长得也不好看!"

"你不愿意花钱,人家女子咋愿意跟你嘛!你这么小气抠门儿，娶不下媳妇的。"翠翠凑到大聪跟前，一边儿打听大聪的相亲趣事，一边儿给他出谋划策。

"娶不上就娶不上，我还看不上呢！"大聪一扭身，回了自己屋，门"啪"一声摔上了。

"你甭管，让他个戳头子，打光棍算逑！"富贵在一旁怒呵翠翠一声。

4

开了春，大地解冻，冰雪消融，黄土地上的莺莺燕燕又站在门前楸树上欢啼宛转，连那料峭微风里也携了丝丝甜意。

年后大聪去了宁夏上班，三天两头又往回来老家跑，回家来也不落脚，二蹄子撒欢儿往外窜，成精成魔了似的。翠翠恼得不理，看他玩出个啥花样。

过了段时日，才知大聪恋爱啦，对象正是年前赶鬼集上认识的女子小娅，听说在西峰城的餐馆里打工。两人谈起了恋爱，班也不上了。大聪撇掉了在银川干了七八年的电气活儿，回西峰城找工作；小娅也不上班了，那端菜倒酒拖地的活儿总是干腻了。两人就成天在西峰城里晃荡，去东湖公园拍照、荡秋千，看老年人打太极练嗓，饿了就去小馆子吃麻辣烫，晚上开个小宾馆睡觉。两人都没正儿八经谈过恋爱，谈恋爱的日子就是好，知道要走向结婚的恋爱更是好，不用顾忌啥，不用怕分开，不用考虑亏了还是赚了，去爱就好了。

大聪看着小娅，想到一些关于结婚的事情，想到从此以后要有老婆了，就幸福的要飞上天去。

大聪把自己的童年说给小娅听，说只有奶奶疼他，爸爸不疼他；说他的后妈叫翠翠，翠翠不把他当亲儿子，但他没见过自己亲妈，觉得有个妈总比没有好；说自己的弟弟——荣凯，长得帅，脾性好，爸妈都爱凯凯不爱他……说着说着眼泪就掉了下来，他"砰"一声跳起来，又哗啦一声躺倒在宾馆的地板上，把眼泪胡乱的擦掉了。

小娅也哭了，她哭得很厉害，跪在地上，抱着大聪的头，哭了整整一夜。大聪哄也哄不住，觉得有点烦。但他心里其实挺高兴的，只有她，或许只有她才会这样在乎他的感受和痛苦吧。那一晚，大聪暗下决心，一定要娶小娅当老婆。

天一亮，大聪就给他爸荣富贵打电话："我要结婚，爸，我要结婚，你让我结婚吧。"

"你结婚，你结婚——你要结婚，只要看好了媳妇我就给你结，嚷个锤子哩嘛！"富贵一听就来气，这瓜娃又抽疯了，"你看好了就领回来，明儿就给你说事，给你订婚，把你急得上墙呀！"

大聪果然把那姑娘领到家里来了。姑娘穿了一条过时的花裙子，翠翠躲在厨房里伸着头，透过厨房大玻璃窗悄悄地瞅，姑娘胖胖的身材，圆脸盘，大眼睛，微微笑着。还不错，咱大聪要配不上呢！姑娘朝厨房走来了，翠翠手里正和着面，赶忙攒着面手伸直腰，满面笑脸迎上去。

大聪一转身进屋来了，喊着姑娘，"快——叫妈！"

姑娘闪着羞涩的大眼睛，抿嘴笑了，"阿姨——"

"是啊，还没结婚呢，哪儿能让人家女子这么快叫妈呢，不急不急。"翠翠朗声笑着。

婚礼的事宜紧锣密鼓进行开了，提亲、看家、订婚、纳礼、添箱……大大小小，慌慌张张。期间事事都还算顺利，过得去，就一件事儿卡了壳，差点让这对鸳鸯作纷飞散——彩礼，商量彩礼时两家人意见不一致了，东说东，西说西，说不到一个笸箩里去。

这女子，家是焦村乡另一个村上的，家境贫寒，母亲是个哑巴，父亲干瘦佝偻。女子自娃娃起便在舅舅家长大，因当时家里还有一个妹子、一个弟弟，家里穷，养不活，计划生育又抓得紧，父亲就把老大送去了妻子的娘家。妻子娘家粮多，妻子若不是个哑巴，也不会下嫁给他个穷汉子。这女子如今长大，要出嫁了，舅舅和父亲的战争爆发了。

干瘦父亲说："小娅在你们家长大，这些年多谢她舅爱我娃，照顾我娃，我一辈子没出息，但还要点儿脸面，不能让女子从她舅家出门,旁人笑话哩!小娅终归是我女子!"

舅舅一听,蹦得三丈高:"他爸,那牲口人给它喂草都知道摇头甩蹄子表达个欢心,人说话是不是要讲良心!是谁?当年狠心把女娃扔我家老窑的炕上看都不看就跑掉了;是谁?当年在娃哭着喊着叫爸的时候怂鳖一样不出声;又是谁?半夜里挤羊奶换尿布把碎娃子养活了?又是谁?十几年白面馍馍给娃吃,十几年花花衣裳给娃穿?娃闯了祸我给扛,娃不听话我劝说,娃生病了我守着……就说读书,我一直供小娅读到初中,后来是她说不想念了,要出去打工。不念就不念了,出去打工我也没伸手跟女子要过一分钱。女子爱她外奶,挣了钱偷偷拿回家给她外奶买药买零嘴,我都看在眼里,女子是个乖女子,懂事听话……可如今,女子出嫁,寻个好归宿,你这个时候知道认女子来了,早干吗去了?噢——这个时候嫁女子来了,收彩礼来了,你咋不知道伸手拍拍自己的脸,害不害臊?"

小娅她爹,这个沉默的西北汉子,话不多,走路老是佝偻个腰,双手背在屁股后,一摇一摆的。这个时候被她舅逼得急了,猴子似的蹦起来,身如筛糠,食指颤抖,指着她舅的脸:"反正不能在你家出门,不吉利,对女子后半生的幸福有影响!"

她舅嘴一扭:"屁话!谁说的!"

这时,坐在一旁的小娅抽抽噎噎哭起来,继而"哗"

一声嚎啕大哭起来,父亲舅舅同时把目光转向她,她身子颤栗,如冷风侵骨:"爸,舅,你们别吼了。舅,你就让我回去那边出嫁吧,你们一个生我,一个养我,彩礼的话,荣家给多给少,你们一人一半,平分。我都要嫁人了,你们还在这里吵架,我心里很难过。"

看家那天,小娅的舅舅舅妈、父母弟弟都来了,进了荣家高高的门楼,四合院式的亮堂门院被啧啧称奇,那红色的琉璃瓦,院中正房前的玻璃墙,房子里的大彩电和台式电脑、炫人耳目的水晶灯,还有那车库里的小汽车,门前的十几亩良田、瓷砖贴花的洗澡间,屋檐下芳香怡人的盆栽……娘家人频频点头,觉得这家人,不错!

坐下来上茶,上吃食。商量彩礼的时候,娘家人开口要了二十二万,翠翠刚端了两碗饸饹面进屋,一听立马把碗"砰"一下磕在饭桌上,脸色变了。

桌上的媒人见状,赶忙搂着翠翠的胳膊出了房门到院里,"你是不是糊涂啦,二十二万,人家娘家人要的也不贵,再说你不知道你家大聪啥人啊?啥脾气?还有过心脏病,人家女子可是端端正正好得很!卖给谁家都得这个价,行情摆在那里嘛,没办法。你可千万不要挂脸子,把好不容易哄来的媳妇又吓跑啦!"

翠翠伸着头,似乎压着嗓门又像提高了嗓子喊道:"跑就跑了,跑了才好,不娶媳妇,不花我那压箱底的钱!"

"你看你这个妈当的呀,真成了个妖婆子后妈!跟你说不清楚,你快厨房里下面去。"媒人把翠翠推进了蒸汽缭绕的厨房。

之后连续几天夜里,翠翠在房子里呻唤哭嚎,抱着一堆存折银行卡,一会枕在炕头上,一会蜷在沙发上,反反复复对富贵念叨:"咱们在乡里存下的钱,中国农业银行、邮政银行、甘肃银行,总共加起来才十五万不到,难道要去借,去贷款?咱这两年刚买了车,换了家具,两个娃娃还在念书,凯凯马上要读大学,都要用钱。现在那边倒好,一张口就是二十二万,咱们家是开了个银行哩嘛!不行——太贵了,咱们家女子前年出嫁,才卖了十二万,我看他们卖个十三四万就差不多了,还口硬得很!"

富贵不说话,皱皱眉头,继续盯着电视发呆了。

翠翠便又去缠着大聪,前脚不离后脚跟着:"大聪,你去给他们家说说,礼钱太高了,这么高我们就不要!你给她说清楚!"凶完了又接着哄:"你姨娘家有个亲戚娃,人家去广州打工,领回来个湖南姑娘,不要钱,一毛钱彩礼都没要噢,人家男娃多有本事!你呢,出去打工七八年,丑也好,美也罢,你也领回来一个给我瞅瞅嘛。他们家要是不松口,你就不要她,重新再找,说不定还能找个又好又便宜的呢,你说是不?"

"啊——妈——"大聪咆哮一声,踢哩哐啷推开门,蹿出院子外面去了。

"天这么黑了,你去哪儿?"翠翠追着问。

"你莫管,我上西峰成不成!"

"你可别是偷偷去找人家女子,见了给她说说,便宜点儿。"翠翠跟在后面扯长嗓门喊。

大聪到了大队部,手机上滴滴叫了个顺风车,连夜去了西峰城。进了城,开了个宾馆睡下,彻夜给小娅发微信。第二天天一亮,小娅便出现在大聪面前。

"你到底爱不爱我?"大聪劈头便问。

"啊——爱。"小娅低着头,声音轻轻的。

"你爱我,你跟我们家要么多钱,你是不是图我们家钱啊?我们家穷得很,没钱!"

小娅就哭了,哭得很伤心,她说她爸正和她舅为了彩礼的事,闹得打架着哩,"你现在又来逼我,要我咋办?"

"不知道咋办就算了,不要你了,你回去吧。"

大聪转身就走了,走得忽闪忽闪,携风带电,肩膀一高一低,醉酒了似的得意。小娅跟在后面一边哭一边追,喊着大聪的名字,大聪头也没回,伸手挡了一辆出租车,走了。

大聪无事可干,整日呆在家里,跟翠翠吹嘘显摆那日他是如何甩的小娅,小娅跟在他身后哭喊追闹,撵着汽车整整追了两条街哩!他说这些话的时候满面红光,好不得意。

翠翠听了又有些心疼地说，"你这个无情鬼，伤了人家女子的心。"

大聪便笑得更得意了。

5

大聪家里呆的无聊，又拍拍屁股去银川找活儿干了。有一天，富贵突然给大聪打电话，让他赶紧回家来。大聪在电话里问咋了？富贵吼："咋了，你说咋了，回来商量结婚的事。"

大聪回家，才知父母又给他操弄着结婚的事情了，因为小娅怀娃了。

小娅的爸爸和小娅来过家里，带着一张医院做的彩色B超片子，怀孕已经五十多天了，荣家不得不娶这个媳妇了。

"真的吗，真的啊?!"大聪激动得要蹦起来，掏出手机立刻打电话给小娅，说，"咱们一起上西峰，给你买衣服，买好吃的去。"

翠翠仍坐在炕上念经似的唠叨："你看小娅她那个妈，张嘴嗷嗷叫，话都不会说，以后生了娃，要是不会说话咋办？没结婚呢就敢怀娃，也不嫌丢人，这娶回来，又要叫旁人嚼舌根子，看唾沫星子不淹你富贵和我翠翠的脸。"她眼睛骨碌碌一转，看着富贵说："我看那女子值不了那么多钱了,都怀娃了,掉价了。咱不要她再没人敢要她了,快,赶紧抓紧机会叫他们家便宜些,富贵,你是个木头啊!"

沉默了半天的富贵这时候发话了,"我看人家女子挺好的,这个不要,再找的话,说得轻巧,就大聪这样子,找个容易吗?人家后来说了,二十万也成。都说了小娅从小舅舅家长大,有十万块是舅舅要的。这么算,一人十万,他爸也没落下多少,不算贵,现在行情就这样!你就是怕花钱,天下哪有人给娃娶媳妇不花钱的。大聪都二十六七了,再娶不上媳妇,你让我这做爸的脸,往哪儿搁!再说了,娃都怀了,丢不丢人,已经丢了,还怕再多丢一次人吗?"

虽然心里万百个不愿意,但富贵还是向亲戚朋友借了八万块。"除了彩礼,办酒席还要花大笔钱呢。"富贵跟大聪说,"彩礼我给你出,酒席我给你办,你不用掏钱。但拍婚纱照,给新娘子置办新衣裳,三金,这些东西你领着办去,打工这么些年,你总也攒了些钱吧。"

大聪向富贵拍胸脯,"没问题,爸,包在我身上。"

那些日子,大家成天在朋友圈看到大聪轮番晒照、发视频、秀恩爱:

拍婚纱照了,几套下来,三千多呢,反正人生婚就结一次,不能将就!

带老婆买戒指啦,老婆选了金戒指,金项链……(翠翠立马在下面评论:买了几个,几克的?多少钱?)

给老婆买衣服鞋子啦,店员都夸我媳妇长得好看,哈哈!

…………

婚礼那天,凄绵悠长的唢呐声响彻整个董志塬边,盛夏七月的高原上一片沁人翠绿,像幅画似的。院子里的饸饹面香味飘窜,门楼外的戏台上秦腔震天,在一片红色的鞭炮声和红色的绸缎被面里,翠翠看见红色的木盘上,整整齐齐端了一整盘高山似的百元钞票,红艳艳耀着她的眼。翠翠哭了,滴了泪,旁边妯娌们赶紧宽慰她,她笑笑,说高兴,儿子结婚,娶这么值钱个媳妇儿,她高兴。

拜天地之时,父母要坐到高堂上去,接受一对新人的磕头和敬茶。翠翠死活不愿意去,被旁边人拉着拽着上了座,听到媳妇喊她妈,又听到周围人攒动着,喊大声点儿,你妈听不见,回答呀!

媳妇连声喊了三下,斩钉截铁,嗓门奇大:"妈——妈——妈——"

翠翠便歪着头,盯着那前头的婚礼摄像机大喊着回应:"嗷——嗷——嗷——"

麦克风里传出了翠翠响亮而滑稽的叫声,惹得四周人前合后仰、笑作一团。

6

可谁也没想到,花二十万娶回来的媳妇,一年不到,生了个娃,来年四月就疯了。

怎么疯的?谁也不知道,谁都感觉莫名其妙,好好一个女娃,婚礼上端正毓秀,结了婚那几日在家中,虽说清早起床懒,但做饭炒菜、蒸馍擀面,样样泼辣利落,比翠翠能干多了!邻里街坊都暗地里嘀咕,就大聪也能娶这么个好媳妇?真是天瞎了眼。

大聪仍去银川打工,媳妇也领着去了,去了就去了吧,翠翠落个清闲。可小两口三天两头吵架,媳妇打电话回来向公公富贵哭诉,说大聪三天没回家了,只给她留了十块钱,她没钱吃饭,已经饿了两天了。富贵便一次次用微信红包给儿媳妇发零花钱。为此,翠翠气得把家里的一只小洋狗,一伸脚踢飞了。

媳妇的肚子一天天大了,富贵便对翠翠说,"让大聪接回来吧,接回家里,生了,你正好伺候月子。"

"你爱伺候你伺候,我可不伺候。"翠翠尖声吼叫。

快生产了,大聪把小娅从银川接回家里来。富贵出门做活,翠翠虽然嘴上硬,但手里的活儿一样不落,每天还是把好菜好面端到媳妇的炕头上。

小娅顺利诞下一个男娃,全家人都高兴地咧开嘴。翠翠伺候月子,发现这媳妇有些不对劲儿,奶头涨得跟个西瓜似的,汁水横流,但就是不知道给娃喂奶,刚开始每天光盯着手机看,后来就站在院门外盯着外面的小路,成天问"大聪呢?大聪去哪儿了?"夜里娃哭,她也不管,任娃把嗓子扯破了天。翠翠看不下去,每天把娃抱到媳妇怀里,摁在媳妇的奶头上,娃才饿狼似的拼了命吃,吃饱了翠翠就抱到她的炕上去,扔在一堆绣花碎布里,看着娃乌溜溜的小眼睛做绣花鞋垫。

有一天,大聪又一涡风似的回来了,对翠翠吼:"你是不是骂小娅了,小娅说了,你老跟她找事儿!我接走了,去银川,娃放家里你先看着吧。"翠翠盯着那一溜烟的背影破口大骂:"走了就别再回来,娃又不是我娃,又不是我下的,凭啥让我看?奶粉钱呢,谁出?"

两个月不到,大聪又领着小娅回来了。

再见到小娅,完全变了个人,蓬头垢面,衣衫歪斜,眼神呆滞,像被鬼撞了似的。

"咋了,又领回来了?"翠翠问。

"疯了,脑子精神病了,睡在大街上给120打电话,说自己生病了要看病,你说那120的救护车都是按公里收费的,人家打电话来问我们在哪儿?我故意给七拐八拐说了错误的巷子;她又自己跑出去,丢了钱包丢了手机,打电话给110,警察让我去派出所领人,你说我丢不丢人……"

大聪怒气冲冲的，直着身子在屋里走进走出，说个不停。下午便把媳妇扔在家里，撵车跑了。

刚开始，翠翠不相信，以为是愣头子大聪闹着玩，好好个人怎么会说疯就疯呢？相处了几天，才知道媳妇的脑子，真的坏掉了。每天有事没事就站在院子中央的日头底下晒太阳，一晒就一个晌午，一动不动，像个白天里的鬼魂似的。不洗脸，不梳头，不刷牙，不换衣服，不穿内裤，好几次就那样光着屁股跑出大门去，在村里的小路上跑，村里的人都跑出来站在门前吆喝着看热闹。好几次，翠翠在隔间里用奶瓶子喂娃，喂着喂着不知不觉睡着了，一会没看住，谁知那傻媳妇自己打开门阀跑出去，光着下身躺到村口的水塔下脱上衣，被一群人和牛羊畜生们起哄围观。隔壁的丽芳婆娘用手机拍了照，撕裂着嗓子进来喊翠翠，指着手机屏幕给翠翠看："快看快看，我手机里这谁？丢死个人啦！你还睡觉，快去看看呀！"

翠翠跑出去，揪着媳妇的耳朵，一步踹一脚地拉进来，跪在地板上，重新给她穿换衣服。

傻媳妇一顿吃三个白面馍，却把屎拉在自己的新房里，拉在那净白光亮的瓷砖地板上，翠翠一边骂，一边进去拾掇了；媳妇身上发臭，翠翠就把她赶进洗澡间去洗澡，谁知一不留神，水放的差点连整个院子一起淹了；半夜里，像个幽灵一样，站在翠翠的炕头上看着她熟睡中的娃，嘿嘿笑着，把翠翠和娃同时吓醒……所有这些，翠翠一边骂着,一边拾掇着,打电话臭骂荣富贵:"你骚情得很,当初要背着钱娶你那个瓜妈哩,娶回来了,你现在来伺候呀!"富贵也只有长一句短一句唉声叹气。

翠翠听见了村里人的闲言碎语,"呀——他大聪,也只能娶这么个媳妇了吧,疯子傻子是绝配!就翠翠那瞎心肠,不把媳妇折磨疯才怪!"

翠翠听见了,想走过去给那嚼舌根子的人两耳光子,但她脑袋里同时有一百个苍蝇在乱飞,教她心烦意乱,只好闭着眼睛走过去了。

7

翠翠打电话逼大聪回家来,"你不回来,我就把你娃送人!你回来,好歹把小娅带去医院看一看,到底啥原因嘛?"

大聪带小娅去西峰城的医院里看,医生诊断后说是精神分裂症,由产后抑郁引起,可能是产后没有给病人良好的生活环境和应有的呵护与陪伴,又发生某些事刺激了病人神经,导致精神系统紊乱。医生说的话,大聪听不太懂啥意思,便转身抱怨身边的小娅,"怎么人家生个娃都好好的,就你产后抑郁,还精神错乱?"

"你先别急,这个病的发生原因比较复杂,往往不是单一的。除了这些,病人的家族是否有精神病史?童年时期是否受过什么刺激?这些都有可能成为诱病因素。"

大聪脑海里便想起了那个张牙舞爪嗷嗷乱叫的丈母娘,立马气得想打人,领着小娅就往外走。医生在身后追赶,说病人这样的情况最好能住院治疗。大聪听也不听,腮帮子鼓着,扬长而去。

大聪把小娅领到了娘家。

黑瘦的老丈人和哑巴丈母娘正在院子里修理一辆老旧的自行车,见女婿女儿来了,赶紧起身,让茶让座。大聪不坐,一根树似的杵在院子中央,厉声问:"小娅的病,我在电话里跟你们说过了,爸你也去我家看过几次小娅了,小娅现在这样子,得了精神病了。我今天领去西峰的大医院看了,医生说是精神分裂,要么父母遗传,要么小时候得过病,您们老老实实告诉我,到底咋回事儿?"

"这——"黑瘦如蚂蚁的老丈人是个老实人,嘴巴扭动着,终于开口了,"听她舅说,小娅七八岁的时候,是得过这样的病,但治好了,后来再也没犯过啊!不知咋了,咋现在又犯——"

"小娅有这病,当初相亲的时候,咋不告诉我,你们这是欺骗,是骗婚,我要去告你们!"大聪说着便往门外冲,小娅见大聪走了,也慌里慌忙撵上去,大聪一把推开,"女子给你们留着,我不要了,把我们家人都要糟践得日子没法过了!"

大聪一股风似的往外走,小娅哭嚎着跟在身后,哑巴丈母娘见女儿哭了,也发了疯似的扑上去,一把抓破了大聪的脸。大聪转回身,流着眼泪大吼一声:"我是瞎了眼睛了,看上你们家女子!"

小小的院子里,响起一片鬼哭狼嚎的声音。

一回家,大聪便嚷嚷着要离婚,翻箱倒柜找到了结婚证,揣在兜里骑着三轮摩托出发了,要去焦村乡上办离婚。

翠翠死命拉住自己的傻儿子,"不能离啊,不能离,离了二十万就白花了!疯就疯了吧,疯了还有个人在,说不定还能好,离了你钱也没了,媳妇也没了。娃还在炕上睡着,没妈了呀!"

富贵在身后挡着翠翠,"让他去离,离了才好,这样的媳妇不如不要!天天家里闹得鸡犬不宁,你也没个清闲日子,又要照看娃,还要照看娃他妈,谁忙得过来!"翠翠一甩拳头,给了富贵一捶头,"你个瓜子啊,罪是我受,我愿意。离了婚钱就没了,再花二十万娶个,你拿得出来吗?咱们自己的娃也快长大了,得攒钱等着给凯凯订媳妇呀!"

翠翠挣脱开跑出去,大聪却已经车过扬起一溜黄沙,看不见人了。

8

那些日子,大聪成天骑个驴摩托在外面跑,跑来跑去,婚也没离了。

"狗日的,离也离不了,啥狗屁法律规定,不能跟精神病人离婚!那咋不规定精神病人不能结婚咾?"大聪前脚一踏进家门,便开始骂东骂西。

翠翠看着乌泱泱的一家子,心里有些线团似的缠麻,法律的规定,离不了,她有些高兴,我们寻常百姓总不能触犯法律吧;转念一想,难过的滋味也泛上来,离不了,那这疯子岂不是要一辈子折腾她!这可到底咋弄哩嘛?

大聪好不容易在银川找的送快递的工作,因为三天两头往家跑,工作又丢了。他就成天待家里,跟着媳妇一起闹,一会打,让滚回娘家去;一会儿又"娅娅、娅娅"地叫,哄着让她开心。两个人,就像演戏,翠翠有时看戏看得热闹,有时又因为这戏演在自己家里而心口火烧。

一天,家里来了两个人,穿着白衬衫、西装裤、黑皮鞋,头发梳得油光可鉴,板着脸皮子进来了。

"哎,哎——你们弄啥的?"大聪站在房门口问。

"嘿,帅哥你不认识我啦?我是乡上一线牵婚介公司的客户经理呀!你和你媳妇,还是通过我们公司相亲认识的呢,你忘啦?是我给你她的微信号。听说你们后来分手了,怎么,又走到一疙瘩结婚了?结婚咋都不叫哥一声来喝喜酒,你这不厚道啊!"

翠翠一听是婚介所的,身上的汗毛瞬时千军万马竖起来，知道要钱的来了。

当初结婚时，他们故意请了媒人，没再让婚介所的人参与。婚介所光相亲费就要两万块，谁出得起！翠翠赶紧出声："你们记错了，我们家没有结婚，只有个疯子，不认识你们，快走吧！"

傻大聪还没反应过来，绽着笑脸迎上去了，"哥，是你呀！"

果然，那家伙张口就要钱了，"你们婚都结了这么久了，这相亲费该交了吧，按照彩礼的百分之十。我打听过了，你们的彩礼是二十万，相亲费刚好两万块，没错。"

大聪一听火冒三丈，立马蹦起来开口大骂："我正要找人问问呢？是谁，给我找了这么个瓜媳妇，是个疯子，哎呀，想起来了，是你们这破公司，还跟我要钱？你们把我的二十万彩礼钱赔给我，把我的精神损失费赔给我，把那瓜媳妇也领走，我不要了！"

"你这人，咋说话哩？号码虽然是我给你的，但恋爱是你谈的，人是你上的没错吧，而今娃都给你生的放炕上了，你还要咋？我们当初可是签了合同的啊，受法律保护，你赖不了账！"

大聪瘪着头在屋子里乱转，掂起桌角一个西凤酒的玻璃酒瓶子，就要上去砸人家脑袋，"你们不赔我钱是吧，不赔就赶紧给老子滚！跟我要钱？要钱没有，要命一条！"

那两个人被吓得捂着头跑走了。

第二天，那人又领了两个穿保安制服的人站在院门口。翠翠把大铁门关起来，躲在屋子里不出去，那些人就使劲儿擂门，闹得疯小娅各个房子里乱窜，说抓她的人来了，要砍她的头，她要找个地方躲起来。翠翠和大聪也躲在屋里不敢出去。

荣福贵回家，车停在院门口，家门也进不去。后来没办法，跟人家求情，商量，说好话，对方才答应给八千块了事。富贵战战兢兢扫对方二维码，加上微信，把拿到的工钱转给了人家。那几个人才上了小汽车，吹着口哨，屁股冒一溜黑烟"突突"走了。

富贵黑着脸进了家门。

晚上，富贵把一家人喊齐，在正房里谈话。

富贵低着头问小娅："你回去吧，回你家去吧，大聪不要你了！你回你家，把彩礼给我们退回来。"

小娅那会好像清醒一些了，瞪着大眼睛看自己的公公："彩礼要不回来了，我娘家爹和我舅已经分了，要留给我弟娶媳妇的，要不回来了！"

"那你回你家去，我们不要你了，彩礼也不要了，就当救济你们那个穷家了。"富贵接着说。

"我不能回去嘛，爸，我求你了，不要赶我回去。我已经嫁给大聪了，是大聪的人，我回去了，也再没人愿意要我了。"小娅拉扯着富贵的胳膊，"扑通"一声给富贵跪下了。

翠翠瘪嘴:"不是疯了吗,说话咋又这么清楚了。"

富贵连忙走开,苦楚着脸说:"不要给我跪!我受不起。那你说现在咋办哩?你又不回去,留在我家,我家钱都花光了,也没钱给你治病啊!"

大聪走过来,一巴掌拍倒了自己媳妇:"跪啥跪,这时候膝盖底下能跪出个金子你就跪!爸,明天我到他们家要钱去,我就不信了!要不到钱就不给他们女子治病!"

9

大聪也学着婚介所那些白衬衫的样子,赖在老丈人家大门口不走,又哭又嚎,摔门踢板翻跟斗,黑瘦老丈人没办法,摔出来五千块钱,叫他领着小娅去看看病。

拿了钱,大聪领着小娅去看病。村里一个婶子热情地给大聪出主意:"宁县县城有个大夫叫王自立,专治精神病,偏方加草药,灵验得很!比起医院,还不贵,多少人都在他那里治好了呢!"

"真的吗?"大聪惊喜地问。

"你看你这娃,婶子骗你弄啥!"

大聪便领着小娅坐车下了宁县县城,打听到那家赫赫有名的王自立诊所,果然,看病的人排着长队,叽叽喳喳,还挺热闹。

轮到小娅，大夫给把了脉，问了几句话，从桌上的一摞纸中抽出一张递给大聪："先去缴费，再过去那边拿药。这张纸一定要拿好，注意事项和服药顺序都在上面，一定要让病人保持心情愉悦，不能受刺激。服完这一疗程，保准有好转，到时候再领你媳妇过来，拿第二疗程的药。懂了吗？"

大聪点点头。

缴了一千八百块，拿了一塑料袋药，有中药，有药片。大聪提着这些药，像提着一袋把精神病驱走的神奇魔法，他奔跑着，牵着媳妇的手，信心满满的坐车回了家。

第二天大清早，大聪便拿出那张白色的纸给马上读高一的妹妹杨杨看，让她帮着解释解释，到底啥意思。

杨杨拿着药单，在厨房里大声念了起来：

保养方法

先令其病人在静室中，镇定神心，有善侍者一、二人，先意承颜能得病人之欢心为妙，凡可愁、可悲、可怕之事，万勿令病人闻之，其事之快易者与之谈论庶几。

服药方法

第一天早服一号药豆大七丸，开水引服后心烧下泻见效，多饮热开水为宜，如恶心肤疼厉害急用凉开水解之。

第二天早服二号红丸药豆大六丸，淡茶水引服后心烧下泻见效，多饮热开水为宜，如恶心肤疼厉害，急用凉开水解之。

第三天早服三号麻丸药豆大六丸，开水入醋引服后饮热开水，吐泻见效，如恶心肤疼厉害急用绿豆水解之。

第四、第五天服中药二剂，早、晚两遍，当天再不服它药。

第六天服药仍照第一天依次为法用药可也。

药忌生冷、饱食、肉类，食物以清淡为宜。避免精神刺激。

地址：甘肃省宁县太昌乡祖传精神病诊疗所。

大夫：王自立　王昌德

电话：0934－667515＊　0934－667509＊
　　　0934－667530＊

邮编：745202　　手机：138××××××××

杨杨读完，对大聪说，"哥你听到了没？吃药期间要让嫂子欢心，不要惹她生气，尽量保持心情平静愉快，吃药才有疗效呢！"

"知道了，我知道了。"大聪拿出家里所有的不锈钢小盆儿，开水晾了七八盆，万一难受了，要给她喝温开水解毒。

家人吃早饭的时候，大聪在自己屋里逼着小娅吃药，嚷嚷的声音如炮弹袭击着阳光初洒的小院："他妈的，你要咋哩你不吃，这是药你不吃！你不吃你让我花了几千块钱，买他老爹个锤子干啥哩！不想吃，难不成你还想住大医院？你不要脸花了我们家二十万咋不说，你去，把我家钱给我拿回来，我带你住大医院，成不？"骂着，又打起来了，把媳妇逼在墙面上，一个耳光接一个耳光地打。翠翠在对面厨房隔着玻璃看见了，赶忙跑出去拉架，不料这倔性子瓜娃见人来拉，耳光子抡得更欢了，劈头盖脸还给了翠翠一拳。

翠翠拉不住，跑出来站在院中央喊富贵："富贵，富贵，你快来拉一拉，吃药呢，不能动气！"

富贵坐在餐桌上吃辣子水水蘸馍馍，摇摇头，屁股动了动，但始终没有挪起来。

翠翠急了，跳着大骂："有个啥爹，就有个啥娃！当年，你的瓜媳妇就站在院里日头底下不动弹，今儿个，你娃也娶了个瓜媳妇，我看你们一模一样的，把媳妇逼疯了，打跑了，我也走，这个家里不留了！"

嚷了半天，并没人理她。翠翠一屁股坐在地上，哭了。

小娅吃了那药，一会肚子疼得在地上打滚，一会把屎拉在裤裆里，大聪跟着惊天惊底地咋呼，一会打，一会哄，风风火火五六天，终了，那药吃完了，病也没见有丝毫好转。

10

  时间,就像那旧时代破晓时分磨盘上的麦粒,有时走得快,有时走得慢,有时让人欢喜,有时让人折磨。无论日子怎样的跌打摔跤,时间的四季就像那命运,总是轮番更迭,毫不停歇。磨人的燥热夏季终于过完,黄土高原上迎来了凉爽如月的怡人秋季,大地的绿装褪去了,到处都是一片苍凉的黄,黄色的沟壑裸露,黄色的树叶飘零,黄色的脸庞染霜,黄色的圆月像个巨大的心事挂在天上。

  八月十五中秋节这一天,富贵家请了阴阳师,抬了龙王爷的轿子,还有村里最灵的角子(角子,陇东地区民间称呼,能通鬼通神的半仙,传说请神上身后可传达神的旨意给凡人,能为人看病驱灾,禳祸避邪)。院里垒起了火堆,搭起了祭台,各个窗户门楣上贴满了黄色灵符,龙王爷的神轿带着角子,角子带着两个穿道袍的阴阳师,阴阳师带着一行举火把的人,在各个房屋里窜,把五谷撒在每张炕上,神水洒满每个乌漆麻黑的疙瘩角落,铃铛声,念经声贯响长空,不绝于耳。

  角子头上绑着红布,腰里缠着一根巨蟒似的麻绳,蟒绳上绑了红布,红布上写满密密麻麻的经文。角子甩动着蟒绳各处甩打,碰到蟒尾的人赶紧跳开,角子的麻绳可不认人。

角子站在祭台前请神,身子没命似的晃动,翻跟斗,掷蟒绳,把一根淬火的锥子插进自己的左脸。来看热闹的村里人站在屋檐下,响起一片唏嘘。轰然间,角子眼神泛光,四肢颤抖,口吐火苗,仿佛灵魂已然出窍,那具肉体里真的住进了神的真身。

旁边人嚷嚷着,"来了来了,神来了,还不赶紧跪下啊!"

富贵、翠翠、大聪刷一下跪在角子面前,低着头。翠翠拉着小娅跪在中间,小娅的怀里,抱着半岁的儿子,小娃娃睁大眼睛,好奇地望着周围的火光和人脸,听着那铃铛里发出的唱歌似的声音。

角子把蟒绳轮起来,隔空甩了三下,人群中顿时喧哗一片,即刻又鸦雀无声。

角子把蟒绳的头部朝着每人的额上抵了抵,问:"你们真不知她是怎样疯的吗?"

富贵摇头,翠翠摇头,大聪摇头,小娅一看旁边人都摇头,她笑着,也跟着摇头。

角子便把蟒绳摇起来,长空中又甩三下,火堆里的星子顺着蟒尾爬升,火光四溅。

角子跳起了舞蹈,月光下手足并用,裙带翻飞,影影绰绰,如群魔乱舞。角子念着经,绕着跪着的人左转三圈,右转三圈,把蟒绳在他们面前甩得撕裂炸响。跪着的一家子人,被吓得直哆嗦。

角子站定,望向他们:"那就交代吧,在戊戌狗年里,你们做过啥不干净的事,一个一个交代,神看着呢,不得虚话!"

翠翠先打着抖儿说话了:"龙王龙王你可别气!是我不该,不该把儿媳的金项链给藏了,她花了我家那么多钱,我看她戴金项链气得慌;我不该,不该把儿媳的一套几百块的化妆品拿去了,她疯了,衣服都穿不整齐,那些瓶瓶罐罐她用不上;我不该,不该在月子里给儿媳吃冷饭,她天天坐炕上不动弹,我要看娃,还要拾掇地里的活儿,顾不上给媳妇做饭……我错了啊,我错了——"

角子扛起麻绳蟒首,对着翠翠的额头、胸口、后背分别抵了三下,点点头。

富贵连忙磕头给角子回话:"我也错,我错在不该几次三番把儿媳赶回娘家,我错在瓜娃打媳妇的时候没有动手拉一拉,我错在没有好好念些书识些字,错在没有当好一个家,没有教育好我的娃,没有把儿媳照看好……错在辛苦半辈子,攒钱给娃娶媳妇了啊!我到底错在哪儿?"富贵说着说着,已经涕泪长流,哭得直不起腰。

角子抬头,望着一轮明月,念经似的唱道:世风日下,人心不古,情何以堪,恨从心生,无可奈何——

大聪跪着,愣是不发一言,角子朝他的后腿上甩了一蟒绳,大聪哭嚎着说话了:"对不起!爸——妈——对不起!我错了啊,我不该骗你们,打工这些年,我并没有攒下钱，拍婚纱照，给小娅买礼服买三金的钱，其实都是我在网上贷的款。不多，我就贷了不到六千块，我原本想着，结完婚，我回银川去上班，发了工资就能还上，可他妈的网上贷款，根本就是高利贷，等到过完年，他们说我逾期，已经要我还一万三了，再过一个月，又要我还两万块了。我没那么多钱，还不上，天天打电话威胁我，说要把我告上法院。那些人还把电话打到小娅手机上去，我每天一回出租屋，小娅就催我，让我赶紧还钱。我被逼急了，就打小娅，我的钱都用来娶你了，哪儿还有钱？再说了，要不是娶你，我月月还飞西双版纳旅游呢，能天天被人追债？我打了她就出门，几天几天不回家，她大着肚子，我的朋友她都不认识，也不知道去哪里找我。后来我工作也丢了，心情更差，更不想回家，回家就是两个人打架……后来为了还钱，我就去网上赌博，群里人都说那玩意儿能赚钱，他们在平台上赚了大钱，一天能赚好几千，我也就把我爸给我用来还债的钱赌进去了。刚开始不错，我第一天就赚了五百块，第二天赚了七百，接着天天赚钱，我就想着等赚够一万就撤，为了尽快赚够一万，我把我爸给的两万一下子投进去了，投的大，赚的多嘛！没想到接下来的几天每盘都输，没一次赚的！我押大押小都是输！为了捞本，我就逼着我媳妇，跟她娘家要了两万块钱，都投进去，没想到全输啦……啊啊——我媳妇就是从那个时候开始不吃不喝，成天胡闹的，小娅，我对不起你——"

大聪伏在地上大哭，哭着哭着，蜷在地上抽风了——儿时的羊痫风发作了。

众人手忙脚乱扶起来，角子掐住大聪人中，用蟒绳在身上猛摔三下，"乌烟瘴气都被打走，你干净了。你们啊，不是魔魔鬼鬼上身了，是金钱冲了心神了！"

疯媳妇小娅看着一身红布的角子，把娃放在地上，也伏下来磕头，念经似的重复："我错了！我错了！我错了……"

那个懵懂而无知的小娃娃，睡在一片火光里，睡在嘈杂的人群中，他睁着眼睛，去看天上的一轮圆月。月亮清清的，亮亮的，挂在孩子湖水似的眼眸里，像一个流动的谜。

女王之舞

月光落下来的时候,湖面变成一隅温暖的子宫,波光粼粼里,天养从水中央探出头。她知道,一个小生命钻进她肚子里去了。

一　化茧

浓烈的晚霞从西边山头上泼洒下来,在养蜂场上荡开一圈圈红晕。天养戴着草帽手套,脸上蒙一层纱,倦倦地跟在翠翠身后,来回穿梭于密密麻麻的蜂箱之间,打开蜂房,卸下巢框,巢脾取蜜,清理隔板……这一系列动作被她的双手连贯起来,奏成一支慵懒又清脆的采蜜曲,"叮——哐,叮——哐,叮——哐",是绵的,软的。

"哎呀——天养,我们的新蜂王要出世啦!"

翠翠站在养蜂场的东北角上咋呼开了。

翠翠其实并不是你想的那个翠翠,翠翠是天养的母亲,一个四十岁的高胸脯大长腿翘腚女人,生着一双火辣辣的猫眼,"看人的时候,一不小心就能把人给点着喽!"这是来养蜂场打零工的大胡子男人狮尔王说的,他还说翠翠的眼神勾人魂儿。天养不信,但天养害怕翠翠的眼睛,她觉得那里面有一根刺,她一看,就会被蜇疼。

"啊?"天养抬起头,望着站在一片红晕中的翠翠的身影,遥遥地,给了东北角一个微笑,"新蜂王,太好了!"

是啊,她应该开心起来才对的,这是一件多么让人欢喜的事情啊!她们的蜂群里,老蜂王统领蜂群都快五年了,新蜂王还是迟迟不肯诞生,翠翠急得天天晚上在天养耳畔唠叨,"处女王再不出来就只好分群啦,五年了,处女王再不出来就只好分群啦,五年了,全毁了……"新蜂王一旦出世,正好赶上这片土地上丹参花的最后一季花期,采蜜大丰收,这一年的赶场就能圆满完成。翠翠欢喜地手舞足蹈,她也应该跟着雀跃才对。可是,她抬起头看着一波一波隐退于山那头的夕阳,心里,空空荡荡的,感觉不出来,是不是在疼。

这些天,天还没亮翠翠就往第29号蜂箱跟前跑,她为它保暖除螨,清理巢房,饲喂王浆。她时时刻刻都守在新蜂王旁边,仿佛她是她孩子,她的每一步生长变化就紧紧牵动着她的心。

"看她发育得多好呀,真是个小美人儿!我们叫她'茉莉'吧,茉莉——茉莉,多好听的名字!"翠翠趴在蜂箱巢门上,眼睛微眯,一副春光迷醉的模样。

天养定定地看着一脸幸福的翠翠,心里顿生一股温暖的火焰,火焰从她瞳孔里升腾起来,爬上她的发梢,弥漫她的全身。她突然很庆幸茉莉的到来,她的到来几乎吸引了翠翠的所有目光,她会顾不上她,也许,她能因此逃过翠翠这一劫呢。天养轻轻抚摸自己的小腹,偷偷地笑了。

"喝了吧!"

晚饭前,翠翠端出一碗黑乎乎的汤水,杵在天养面前。

天养看着那碗滚着热气儿的黑水,瞪大一双美丽又迷惘的眼睛,"妈,这——是啥?"她转过头,躲过翠翠寒光凛凛的眼神,预感告诉她,这碗汤,跟她衣襟下的秘密有关系。

"啥?汤药啊,还能是啥?你以为我舔着巴儿着让你喝蜂王浆?"翠翠扭着腰,抛过来一个轻飘飘的笑。

天养心里开始兵荒马乱,她不敢抬头去看翠翠的眼神,翠翠正在用眼神刺破她,正在刺破她的秘密,她该怎么办?"我不——不喝,我又没生病,干吗喝汤药。"她盯着那个豁口大碗,慌乱极了。

翠翠正弯腰蹲在帐篷外的小炉子上煮苜蓿面条,翠翠总是喜欢当地人这些简单粗糙的饭食。每到一个地方,翠翠都要拿几罐蜂蜜去招引几个当地女人来她们的蜂场,天气晴好的时候，她们一起用小铁锅在帐篷外捣鼓好吃的，当地女人做主厨，她和翠翠做帮手，烙椒叶饼，炸油饼，蒸花卷儿馒头，煮洋芋糊糊面，要不了几次，翠翠就会把当地女人的好茶饭全学在手了，接下来的日子就变着法儿做给天养和一些当地男人吃，她会逼着问她的女儿和那些男人：

"这葱花饼，是村里那桂花婶做的好吃还是我做的好吃，啊？"

"当然是翠翠做的好吃！翠翠，香得很咪！"

说实话，天养对每一个这样回答翠翠的男人都很不耻。她知道翠翠做的不如人家村里女人做得好吃，但她从不说出来，或者是，她不愿当着那个男人的面戳穿她。

"干吗？你说干吗？堕娃呀——还能干吗？"翠翠站起身，一盘绿油油的面条也跟着站起来，她转身，把醋壶拎起来掷在小桌上。她显然不耐烦了。

"堕娃？"这个词迅速在天养的脑海里旋转起来，它在她脑壳里叫嚣着横冲直撞，它嘶鸣着冲破她的身体，它呼啸着直扑向她面前的小木桌，筷子落地了，醋壶倾倒了，面条打翻了，汤药碎裂了，它还是不愿停下来，她的小帐篷开始地动山摇，她任它狂怒着由它主宰着，"我不！我不！"她终于吼出声来，声嘶力竭，她第一次朝翠翠这样大声地喊叫，这种放肆竟莫名让她感觉快活。

翠翠在帐篷外，呆呆地看着天养。她从没见过这样伤心这样激烈的女儿。她披散着头发,像一头小狮子那样,咆哮着把桌上的饭和汤药都推倒在地,她红着眼睛看着她,眼睛里竟然燃起恨。对,她熟悉那种眼神,就是恨,二十年前她就是用同样的眼神瞪着她的母亲,母亲哭着甩给她一个耳光,她便腆着肚子跟着养蜂的队伍走了,跟着天养的父亲走了,那以后,她再也没回过家。她驮着她在路上流离失所二十年,今天,她竟然要用这种眼神向她宣战,要踏着她的道路再走一遍。她的心里顿生一股悲凉。

翠翠站在院子里,双手叉腰,面容扭曲,"不要?这由不得你,你要也得要,不要,也得要!"她抬起脚,一筐蜂箱被踢翻在地。蜜蜂们拉响警报,"哗"一下齐刷刷全挤出巢房,锣鼓喧天地压过来,遮住了翠翠喷火的双眼,遮住了天养颤栗不止的身体,遮住了天,遮住了地,遮住了最后一抹夕阳。

她们身后,夜幕哗啦啦垂下来。

二 颤栗

天养是从什么时候开始发觉自己的身子不一样了呢?

是一个月前,长生离开后不久,她们的养蜂场在吐鲁番广袤无边的土地上迁徙,抓住夏天的最后一缕尾巴疯狂采蜜。那段时间,她们的"小飞机"们很勤劳,在无边无际的白色棉花地与粉色荞麦花之间来回穿梭,忙得不亦乐乎。她和翠翠也整天整天地呆在临时搭建的蜂场里劳作，夕阳挂在西天迟迟不肯落下，她们和小蜜蜂一样忙得甜蜜而快乐。而她竟然在取蜜的时候不小心睡着了，一大罐芳香四溢的新鲜蜂蜜被她倾洒一地，翠翠鬼哭狼嚎着跑过来，用手把地上混着草屑的蜜汁捧起来装进一只大盆。"你要死啊，干活儿呢都能睡着，大白天的做春梦呢！"翠翠朝她聒噪，她才迷迷蒙蒙醒过来，先红了脸，知道自己犯了错，羞愧地低下头。从那之后，她发现自己特别嗜睡，总是感觉累，蜂框举不起来，四肢绵软无力，棉花一样软，云朵一样飘。

接着就是胃口一下子大起来了，小饿狼似的，总是吃不饱。芝麻奶油馕，手抓饭，烤羊腿，她都来者不拒，但她最喜欢吃的还是油泼酸汤面，一次能吃两大碗。她不知道自己怎么了，再这样吃下去会变胖的，她知道现在外面的女孩儿都喜欢瘦，长生肯定也喜欢，虽然他说过，他喜欢她饱满健康的模样，说那是大自然的孕育，但她知道，如果她要是再瘦一点会更好看，他会更喜欢。但她阻挡不住自己，身体里像多长出了一个胃，总是这个还没喂饱，那个哭着闹着又饿了。

夏天结束的时候，她们离开新疆，转场陇西，来到这片丹参花含苞欲放的黄土地上，她的饥饿感不再紧迫，与此同时，她几乎一瞬间厌恶起食物来了，无论吃什么美味野食都味如嚼蜡，可她顾不得自己的胃了，因为她突然发现自己的"红河"两个月不曾流淌过了。它不流出她的身体,会流向哪儿呢?

天养隐隐地预感到些什么了,她是个美丽而笨拙的女孩子,但她并不傻,她已经二十岁,已经从遇见过的天南海北的女人嘴里听见过许多关于女人身体密码的事情,已经邂逅过一个高大英俊的年轻男人,已经和他在青海湖边的油菜花田里万马嘶鸣般滚过一遭。但天养还是不愿朝更深处去想,反正她每个月的"红河"常常不按时发大水,她已经习惯它的脾性了。也许明天早上多喝一点蜂王浆就会好的,她安慰自己。

与此同时,她的皮肤异常光滑起来,摸上去,绸纱一样的轻盈,吹弹可破。清晨,她对着镜子轻揉自己的脸颊,这样美艳异常的一张脸,让她恐惧。她知道自己是美的,一直都是美的,因为翠翠是个美丽的女人。翠翠每天早晚让她喝一杯蜂蜜水,她们每天清晨用最新鲜的蜂蜜搽脸,把小柴棍蘸着蜜汁在火上燎了描眉,她们的饭食也从不离开蜂蜜,她们把蜂巢切碎像吃姜饼那样把它们当零嘴吃。她们用大自然给予的最天然的方式保养自己,保养自己的容颜,保养自己女性的身体,她们懂得自然的馈赠,也懂得跟随自己的天性,所以她们是美的,是健康的,自然的。镜子里的一张脸美得不真实,美得惊艳,美得让人惶恐。翠翠说过,女人怀上娃儿的时候,皮肤会变,要是怀的女娃儿,皮肤会变得赤溜溜地又光又滑。难道?她不敢再想下去。

预言的成真,是在那个月光如水的晚上。

蜂场旁边有一片小树林,那天晚上她出去散步,发现绿林葱葱里,有一片小湖泊。月亮升起来,月光如蝴蝶翅膀一样轻轻覆下来,泊在湖面上,柔柔的,在梦呓,在呻吟,在歌唱。她听见自己的身体在给予应答,回声一样,一波波传过来,一波波荡回去。她脱掉衣服,走进湖中央。

湖水很温暖,它们轻轻漫过她的身体,撩扰她的脚趾,荡漾她的双腿,舔舐她的肚脐,抚摸她的乳房。乳房在涨破,肚脐在燃烧,双腿在缠绕,脚趾在抽筋,她感觉自己变成了一尾鱼,一尾大腹便便卵巢丰盈的雌鱼。她冲出水面,看着湖面上银光闪闪的月光,确定自己怀上长生的孩子了。

天养的脾气突然变得暴烈,她像一头狮子那样扬着高傲的头颅谁都不许靠近。翠翠再没端黑色的汤药给她喝,她仍是不信她。她每天吃饭都要把碗里的面条翻个地儿朝天,看看有没有什么可疑的东西;吃馍馍要先掰开来检查里面是否加了草药或中药丸,拒绝吃翠翠摘回来的任何野菜,即使加入蒜片儿炒得芳香四溢她也决不动一筷子。她在较着劲儿与翠翠抗衡,她在抵抗她的杀戮,她竟然叫她把这个孩子堕掉,她能让一只蜂王孕育出成千上万只蜂卵却不能允许她生下一个孩子,天养悲楚地望着天,这不公平!

她必须要让自己变得强大起来,为了她肚子里的小生命,也为了长生。

遇见长生是在三个月之前,那是六月,她们还在青海湖追赶大片大片的油菜花花海。

他扛着一架相机出现在她的视野里,她正在花垟上追蜜蜂。昨晚一群蜜蜂走丢了,没回来巢房。花田周围有好几家蜂场,正是花开赶场时节,蜜蜂也会迷路,也会贪恋玩儿,也会偶尔飞到人家的蜂群里被人家的巢房收走。她奔向花田,在一片金光闪闪的花朵中央辨认自家的蜂儿,这时候,他出现了,一件随风翻摆的蓝格子衬衫,一顶藏式卷边儿遮阳帽,一台黑光锃亮的长镜头相机,高大,挺拔,像一匹跃跃欲试的黑骏马。骏马转身发现了她,他的镜头朝她翻转过来,他的蹄子朝她靠拢,他的鬃毛威风凛凛,他的大眸子款款深情。她被这匹俊朗的黑马迷住了,她在花田里停下来,朝他笑。

他说他叫长生,在北京读大学,今年大四刚毕业,正在备考研究生,在学校学生科,业余爱好摄影。他这次出来就是专门来青海湖旅行,拍青海湖的湖水和油菜花的。

"听说青海湖是爱情之湖,很多情侣都会选择来此地旅行,很多单身狗来此就是为遇见一个心仪的姑娘。你呢?你来这里是为了什么?"

天养一双大眼睛快乐而忧郁地眨啊眨，她喜欢听他的声音，喜欢他说话的方式，可是她一下子就听出他是大学生了，他在问她，问她是做什么的，她要怎么回答呢？

"我不是来旅行的，我是来放蜜蜂和采花的。"她咯咯笑起来，转身跑掉了。

长生在她们的蜂场里住了下来，翠翠亲自为他撑起一顶新帐篷。当长生知道天养她们是专门的游牧养蜂人时，他惊讶极了，好奇极了，兴奋极了。他要留下来，和她们住在一起，一起吃，一起睡，一起养蜂，他要观察她们是如何养蜂的，他要记录她们的生活，他说他就是学这方面的，现在中国的游牧养蜂队伍已经不多了，像她们这样一年四季都在追赶花期的养蜂人更是屈指可数，他要深入她们的生活，把她们的养蜂生活写成调查报告拿回去呈现给自己的导师，说这会成为很有价值的养蜂人史料。

翠翠扭着腰肢里里外外忙活着，大笑着，"哎哟，小伙子，养蜂有什么可研究的。只是你留下来我们很高兴，但你可要先做好心理准备喽，我们的生活也许并没你想象得那么美好，烦人得很！到时候，可不能打退堂鼓半途而废呀！"她走过他，大花衬衣飘飘然掠过他脸颊。

"那当然了！姨，你放心吧，我一定会坚持到最后的。"长生回答。

"哎呀，别叫我姨，叫我翠翠就行，天养高兴的时候也这么叫的。叫'姨'多老呀,叫翠翠!"翠翠媚着眼睛惊呼。

"噢——翠翠",长生不好意思地摸摸头,"可是这样叫好奇怪耶!"

不得不承认,天养的确是个美得摄人魂魄的姑娘。修长有力的双腿,曲线陡峭的臀部,饱满活泼的胸脯,鲜艳欲滴的嘴唇,加上一双毛茸茸的大眼睛,简直就是一匹风情万种的小母马。只是皮肤有点黑,这是长时间生活在野外的缘故,但这黑是温润的黑,是健康的黑,是自然的黑,是年轻的黑,是漂亮小母马的黑。这匹漂亮的小母马此时正扑闪着含情脉脉的大眼睛偷偷往黑骏马身上瞟,她感觉到黑马那双一汪湖水似的眼眸也在扑向她,她的眼神被他压倒,她醉了。

他们做什么事都黏在一起,取蜜,打扫蜂场卫生,观察尚蒂伊城堡一样精美绝伦的巢房,侦查外出采蜜蜂儿们的行踪。她跟他讲蜂群王国的社会构造,"蜂王是全蜂群的母亲,每群蜂只能有一只蜂王。它一只吃着营养最丰富的王浆,是全群发育最健全的雌性蜂,担负着整个蜂群的繁殖工作。"她尽量挑选一些她认为准确又听起来比较专业化的词语来讲给他听。

天养是个奇特而聪明的女子。她是养蜂人的女儿,从小就跟着父母在中国大地上赶场游走,二十年来一直在路上。在路上赶着蜜蜂追花期,在路上看火车飞过铁轨,在路上看炊烟漫过黄昏,在路上看人群奔向城市,在路上看乡村渐渐枯萎,在路上看花开四季,在路上搭帐篷生活,在路上断断续续读书,在路上野蛮生长。她的所有经历都是在路上,就连小时候上学也是在四川读一年在陕西念一年在甘肃溜达几学期,那时候,她被寄宿在乡下不同的人家跟着当地小孩一起去学校读书,父母每个学期末来接她回蜂群,后来,跌跌撞撞读到初二,父亲被一场山洪带走了,一同带走的还有十几框蜂箱。

翠翠便不许她再去念书了,她哭,翠翠就把手插到腰里,戳着她的额头喊:"去那什捞子鬼学校有什么用?白花老娘的钱!读那么多书你能上得了大学?别做梦了,你没那个命!还是跟着娘我一起乖乖养蜂。过自由自在的生活多好!"

她不再哭,她知道她的眼泪是天底下最无用的雨水。于是,她抹一把袖子戴上帽子手套跟在翠翠屁股后面去挖蜜。只是,后来她还是改不了喜欢书的"什捞子坏习惯",迁移途中,每赶上一个小城镇的市集她就迫不及待往报刊亭旧书摊上扑过去。《故事会》《读者》《知音》《安徒生童话》、鲁迅、张爱玲、安妮宝贝、沈从文的《边城》、小仲马的《茶花女》她都来者不拒,甚至在马莲河边扎场的时候,一位年轻的大学生村主任送了她一本《养蜂知识大全》她也欢喜地收下。对于书,她总感觉饥渴,感觉向往,感觉难分难舍,她与书对话与书讲心事与书谈恋爱。在蹁跹飞舞翅膀匆匆的蜂群环绕中,她幻想自己是童话的缔造者是写书的奇女子是小仲马笔下生生世世的恋人。

"我养了几千只几万只小蜜蜂,都是勤勤恳恳的劳动者,养了一个女儿,却偏偏养成书呆子。你说你没事儿捧着个书钻在花地里做什么?人家小蜜蜂进花田是去采蜜的,你也去采蜜了?"每每天黑时分天养从野地回到蜂场时翠翠就会把她堵在篱笆外,一副不容商榷的模样。

天养不理她,她低着头绕过她走进去。她懒得跟她解释,她的思绪还飘在另一个罗曼蒂克的国度。她知道,在这件事情上,翠翠拗不过她,像前几次那样狠狠地揍她一顿,第二天,她还是会跑出去不见的,直到新搜罗来的几本书彻底看完,她才会安安静静重新回到蜂场里与她日夜厮守。

天养庆幸自己平时看书多,学得一些遣词造句,要不然,她怎么跟这匹来自北京的大学生黑骏马交谈?她一边讲给他听,一边心里暗自得意,偷偷笑出了声。

"你笑什么?"他合上听得饶有兴趣的双耳,一双眼睛饶有兴致地看着她。

"没,没什么。"她又涨红了脸。

他坏笑,"全群只有一只蜂王,还是雌性,那她怎么搞活全群的繁殖工作呀?她和谁交配,谁来生小蜜蜂?"他望着她,像一个求知欲旺盛的小孩。

"蜂群里分为蜂王,工蜂和雄蜂。工蜂外出采集花蜜、酿造蜂蜜、喂养幼虫、还要保卫蜂巢,清理巢房等,反正就是个打杂的。雄蜂——雄蜂就是跟蜂王生小幼蜂的,他长得体格巨大,却是个不劳而获的白吃饱!"天养话还没说完,脸上一团红霞已经翩翩起舞了。

"雄蜂的主要任务就是,与蜂王——交尾,对么?"他纠正她,脸上带着明知故问的神情。

"嗯。"她狠狠点头,长发掩映下,一双耳朵,已经被什么东西烧得发烫。

天养摸摸自己的耳垂,她闭上眼睛,那一幕的感觉还是那么清晰,那么浪漫,那么如梦似幻。她又不自觉地把手放在自己的小腹上,她相信正是在那一刻他把那颗种子播撒在她的花田里的,幸福的感觉再次弥漫上来,将她淹没。

那是长生和她们一起住了一个月之后,他要离开的前一晚。

黄昏,他们在一倾望不到边的油菜花田里游荡,他举着相机,她当他的模特,在镜头里摆出各种曲线优美的姿势,他紧跟着她,捕捉她每一个洒落于花瓣儿的灿烂笑容。她在花田里蹦着,跳着,跟他讲她在转场中遇见的各种奇事怪事,讲她小时候寄人篱下零零散散的读书生涯,讲她也想跟他一样去大城市里上一次学的梦想,他很认真地听着,眼里向她递过来一波波忧郁的深蓝色海浪。她感觉得到他的难过,她也在强忍着自己的悲伤,他明天就要走了!黑骏马明天就要驰骋回北京了!她想着,一遍遍在心里默念着,眼泪大颗大颗流出来。

他吓坏了,他走过去,环住她。

黑骏马褪去了小母马的红衣裳,两匹马儿倒进花丛里。夕阳的余晖缓缓打下来,一倾万亩的油菜花田掀起层层波浪,浪涛翻滚,双马嘶鸣。

三 重生

天养怀着那一刻美妙的心情给长生写信,眼泪却止不住滴滴滚落。

他知道了会开心吗?他会喜欢这个孩子吗?我会嫁给他吗?翠翠最近不再逼她了,她对她温和很多,但她还是不放心,她每天都在跟周遭战斗,她每天都在期盼他能突然出现,她最近老感觉恶心,除了酸汤面什么都吃不下去,她夜里常常一个人偷偷流泪,她不知道自己为什么会变成这样,她以前从不轻易掉眼泪的,她疯狂地想他,她想知道他在北京还好吗,她想问他爱她吗?他会来看她吗?

她有那么多那么长串的问题要等他回答,写下来,却只剩下一句话:

长生，九月了，我们迁到了陇西高原，你来吧，来看我一次！冬天到来的时候，我就要回南方了。

她不知道这封信何时才能寄到他手上，她不管，她不管，她只希望它快些，再快些！恨不得当天晚上就抵达他手上，第二天早上他就能站在她面前，尽管这样的希望近乎渺茫。只可惜那天离开时没有留下他电话。她对他说养蜂场一般不能用手机的，手机信号会影响蜜蜂的导航系统，它们会找不到回家的路。她只要他的地址，问是否可以写信给他。他点头，说可以呀，他正好可以把自己的一些课外书给她寄过来，她喜欢看书，就让她看个够！

新蜂王茉莉出房十五天了，翠翠观看她与雄蜂的第一次"洞房"。她在巢门外窥伺了近半个小时，欢呼着跑过来跟天养汇报，"成功了，成功了！从这一刻起，茉莉就是个成熟的女王啦！"

一个清早，翠翠在帐篷外大喊，"哎呀，不得了，王台上满满的密密的麻麻的，全是！全是幼虫呀！生产啦，我们的茉莉，真是太棒了，一下子就能产这么，我看足足有几千只！"翠翠把自己变成一只小羊羔，在蜂箱之间来来回回蹦跶。

天养看着欢天喜地的母亲，忽然感觉难过，茉莉真勇敢！她不愧是个女王，她可以一下子诞下几千个小生命，她可以独自抵抗蜕变、疼痛,她的孩子可以不冠以姓氏,可以不要父亲。而我呢?我该怎么办?我不是女王,我只是个平凡的女人,我需要爱情,我的孩子需要父亲。"

翠翠转回身,看见瑟缩发抖的天养,她知道她又在为肚子里的孩子纠缠了,这些天,她看见过多少回这样悲悲戚戚的她了。她早为女儿心软了。

"要是想生就生下来吧,好说歹说也是个娃儿,是一条命呀!生下来,妈帮你养!"她用极少有的慈善温和的目光看着天养,说,"生下来!"

天养抬起头,泪流满面。

九月的第一场风从黄土高原上掠过来的时候,秋天到了。

天养跟着翠翠,将所有的蜂箱、帐篷、书本、衣裳、锅碗瓢盆,床单花被、瓶瓶罐罐都打包扔上大篷车,离开了。

这辆花花绿绿插着鲜艳旗帜的大篷车,翠翠已经在它的身上骑了十几年,它老了,破旧不堪,一路嚎叫不断。但这并不影响翠翠的好心情,她一边开车,一边用低音炮放着崔健的摇滚:

我要从南走到北,我还要从白走到黑。我要人们都看见我,却不知道我是谁。

天养每次听到这句,都感觉到滑稽又感动。她看看母亲张牙舞爪的大花衫，她的确是个妖艳而美丽的女人，她给蜂儿们听邓丽君，她跟北方村子里的女人学做十字绣，她的帐篷从不拒绝高大的男人，她喜欢夜里跟他们在麦地里制造激烈的风声，她放荡不羁，也风情妩媚，她是个一生自由的女人。但她仍觉得母亲缺少了些什么，她说不清那是一种什么，只觉得冥冥之中，她自己要努力去追到。

回到四川乌江边的一个小村子，停下来，安营扎寨。她们要在这里捕捉川地里最后一期格桑花。花开荼蘼之后，寒冬降落，她们会回到老家休整，和天养的爷爷奶奶生活一阵子，一个月后，春节过完，再度出发。二月抵达成都平原，三月游荡在八百里秦川，四五月折回延安，六月赴青海湖，七月不上新疆就上榆林，怎么随性怎么走，喜欢哪里的花儿大篷车就往那里去。一路上，追油菜花追荞麦花追槐米花追紫苜蓿花追棉花追丹参花追格桑花追荆条花，五彩斑斓的花粉被她们的小飞机爱恋、蹂躏、带走、酿造成蜜。

天养开始晕天晕地地恶心，没完没了地呕吐，洋芋饭吃不下去，绿豆面吃进去吐出来，眼泪汪汪的，像只受伤的小兔。翠翠把陈年桂花蜂蜜用温水化了，给她喝；把肉沫花生豆掺在酸辣粉里，让她吃；把清晨河里抓来的小鱼熬成汤，端到她面前。她摇头，不吃，眼泪飞起来，还是摇头。

"妈,给我喝那个汤药吧!"

天养望向翠翠,眼里的一汪湖水,散了,乱了,滴下来,落在鱼汤里,打在一只鱼眼的瞳孔里,耀眼生辉,惊天动地。

"你这是做啥子!"翠翠粗粝的声音干号起来,"你一直不张口叫我妈,张口叫妈就是说这个?说得好好的,娃儿娃儿留下来,要汤药干啥?你说,要汤药做啥?"翠翠手指头珠落玉盘似的戳在天养额头上,"你说!你说呀!"

天养闭着眼睛,任泪水哗啦啦地流淌,她在痛,她的身子在痛,她的额头在痛,她的心,也在四分五裂地痛。她有什么办法?她又能怎么做?她只能这么做。两种声音在她摇摇晃晃的脑袋里乱撞、抨击、风驰电掣、火星四射。她任翠翠把她的脑袋摇成拨浪鼓,摇成摩天轮,摇成狂风中飞舞的大篷车,许久,才开口吐出一句:

"妈,给我药吧!"

"是不是因为那个男娃儿,是不是因为长生,他来了一趟,你就攒劲了,能耐了,不当妈了?都三个多月了,舍得打掉?我上次给你拿药那只是跟你置气,试探试探你,看你是否有了当妈的资格,你当时要死要活地护着肚子,你忘了?"翠翠放声大哭,跪倒在地,脊背抽搐成一弯弓,弯曲成一条蚯蚓,一条悲伤的大声恸哭的雌蚯蚓。

翠翠不给天养堕胎的汤药,天养就自己想办法。

她在草地上狂奔,站在山顶上踢腿,在水中石头上跳舞,爬树,爬很高很高的银杏树,不分黑夜白昼,不管天晴下雨。她想象自己在奔跑过程中变成一只鸟儿,飞上天,飞上很高很高的蓝天,被一只英俊的箭射中,缓缓降落,血洒一地,腹中的小东西就会流出她的身体了,她死掉也没关系,她宁愿死掉,她只愿那只英俊的箭是长生而射。

一个星期过去了,肚子却没有任何被折腾的迹象,肚子里的小魔兽似乎越长越皮实,她在里面安家了,扎根了,睡踏实了,安全不顾她的焦灼。天养的倔强劲儿上来了,火光凛凛的,滋滋上窜,她不信她干不掉她!

一个清晨,翠翠还在熟睡中,天养将大朵大朵妖艳而烈红的花朵扔进铁锅里煮。花朵是晒干的,在沸水中褪去花蒂,翻腾,跳跃,剥落成一丝一丝火炎炎的红。她拿出一大瓶蜂王浆,用铁勺子挖着,全倒进锅里。红色的水,黄色的蜜,搅在一起,拌在一起,融在一起,化了,在青烟里酿成一团黏稠的液体,触目惊心的红。天养把那团红喝下去,一直喝下去,喝到肚子里去。

肚子痛起来了,翻天覆地的———痛!她倒在地上,痛得打滚。那些红色的丝线,红色丝线在她的身体里翻滚、磨刀、绞杀,它们在激烈厮杀!红色丝线在她的肚子里结网,一层又一层,一圈又一圈,寸草不生,连根拔起!红色丝线在她的身体里交媾,在她的身体里交尾,在她的身体里制造巨大的风声……

她爬起来，站起身，向河边跑去。

"长生，你开弓，快开弓！打死我吧，求你了！我痛，痛啊！"她哭着，一路奔跑，扑倒在河边，红色的河流从她的身体里流出来，缓缓地，变成一条涓涓细流，流进大河中，在青色的河水中游荡成一尾红色的鱼。

"长生，你在哪里？我在痛，我在痛啊，你感受到了吗？你不说话，我知道你不说话，你低着头站在我面前，你不说话，不就是叫我做掉她吗？好啊，我做给你看——"她在河岸上打滚，哭喊，泪流下来，与血交融。

她听见了她的呼喊，她身体里的那个小生命在呼喊，她在挣扎，她在向她在求救！

"不——"

来不及了。她在剥离她的身体，她在咬断最后的脐带，她在脱离她温暖的子宫，她在离开人间。

她听见自己的身体在撕裂，红色的；头顶的天空在撕裂，红色的；大片大片的油菜花花海在撕裂，红色的；千千万万只小蜜蜂在撕裂，红色的。

她看见了蜂王茉莉，她统帅蜂群，金灿灿一片，压过来，停在她的身体上，她的长发上，她的血泊里。此刻的茉莉不再是仪态万方的女王，她落在天养的睫毛上，天养看见了她眼里隐隐的泪。她的翅膀奏出悲戚的哀乐。天养懂得了，她在为她祈福，她在为她分担苦痛。

"谢谢你,茉莉!"

天养闭上眼睛,看见静穆的苍穹中,一朵白云,幻成一个婴儿的形状,对她笑。

四 幻灭

最后一批从北方迁徙而来的大雁在南方落脚之后,这个季节的第一支寒流袭进大川了。

翠翠去场上赶集,为天养买了几本书,扯了一块红布。"这块红布妈帮你做一件夹袄吧,现在卖的那些,机器做的,穿着不暖和,也没人味儿。诺,这些书给你的,这本,那卖书的老头子说这本书是一女人写的,妈给你买回来了。你看吧,多看看书!"翠翠一回来,就绕着天养转,转着圈圈给她讲话。

"雌性的草地",天养抚摸着浅绿色封皮上凹凸不平的大字,喃喃地说。

"哎呀,天养,你肯说话啦!"翠翠乍惊又喜,大笑起来,"我就知道你不跟妈讲话,有了书就会说啦。爱书比妈多,书比妈亲,我知道!"翠翠语无伦次,眼里闪着泪花。

那一天,她想自己应该是死掉了。后来却被翠翠抱起来,抱回帐篷,活了过来。

那天,她在锅里煮的是藏红花,花是向村子里一位老中医得来的,藏红花的禁忌,是她从书中看到的。她从书中看到的东西太多,比如说爱情,比如说毁灭。她都学到了。

她必须要这么做,长生愿意她这么做。

长生是在她们准备离开高原的前几天出现的。

他依然扛一台黑光锃亮的长镜头相机,穿一件随风翻摆的蓝格子衬衫,依然是一匹高大挺拔的黑骏马。只是不同的是,这一次,他的身边还带着两个姑娘,一个长波浪卷发,一个身碎花连衣裙套牛仔小外套,都戴着眼镜,扛相机,笑声爽朗。

长生向天养奔过来,还没开口,眼睛先湿了。

他向她介绍说那两个是他的女同学,和他一个专业,一起来参观她们的养蜂场的,她们对这个课题也很感兴趣。她拉他进了红彤彤的丹参花田,她告诉他,她怀孕了。他激动得发红的脸颊突然僵硬了,他沉默,然后点点头,走出了花田。

她怎么就信了呢?天养在河畔一遍遍地走,一遍遍回忆那一晚,他们几个人围在篝火边的谈话。

"天养,孩子,还是打掉吧。你知道,我爱你!可我还要继续读书,你等我——"天养看着长生,他的眼睛里是忏悔的虔诚的光芒。

天养哭了,眼泪噼里啪啦滚落,她不想在她们面前哭,但她挡不住自己。

"这又不是什么大事。"那个长波浪女同学翻了下白眼,说:"这不是挺正常的嘛,不然还能怎么办?你要多想想自己的未来,为自己负责。"她摸出一支烟,在火苗上点燃。

"现在还有多少人愿意没事儿了生个小孩儿带在身边啊?多无聊多累!除非那些没念过多少书的,十几二十岁,就急着结婚生孩子去了,仿佛人生就没有其他重要的大事了。"那个穿牛仔外套的女同学歪着头,手触到火尖上去。

"天养,你,再想想——"长生眼神躲闪。

于是她就信了,她鬼使神差地信了他们,她以为她信的是真理,是知识,是神圣的爱情。可是,她的"以为"是镜中月水中花,与她,是薄的,空的,虚无的,风一吹,就散了。

夜里,天养一闭上眼睛就看见那个孩子,那个被她自己亲手用花朵腰斩的孩子。她扬着一朵花儿的脸庞出现在她的梦里,是一张女孩儿的脸,她对她笑,她告诉她,她的名字也叫天养。她叫她"妈妈",一声又一声,甜甜的,黏黏的,欢快的,铜铃般的,最后却变成急促的求救声。

"妈妈,救救我!有一朵红色的花要吃掉我,救救我,妈妈——"

梦中,有一只湿漉漉的小手使劲儿钻进她手心。她从梦中惊醒,张开手,手里是空的,手心里布满黏稠的汗水。

每一夜,同一个梦重复着将她吞噬。她无法攫取自己巨大的恐惧,她在痛,在颤栗,在掏空自己。她在一片漆黑中想,那些城里的女孩是否也会如她一样痛?

她再也不能入睡,再也不敢入睡,起身,往河边走去。

河水很静,河心里洒满月光,波光盈盈。天养穿一件红夹袄,直直地,站在河边。她看见水中央有那张小女孩的脸,她对她笑,她也笑了。她知道她在这里,那一天,就是在这条河边,她离开了她的身体,她变成一尾红色的鱼滑向了这条河。她还活着,活在这水中,活在这月光下。

小婴孩赤身裸体,在水中小鱼儿一样游来游去,欢喜地拍水,咯咯地笑。

天养脱掉鞋子,踩着月光下了河。

她变成一尾鱼,朝那条小鱼游过去,游过去,游过去。

桃花浴

1

我跟琬桃十六岁那年，玛瑙川开进了一支探测石油的车队，带来了一车锃亮黝黑的机器，和一车黝黑锃亮的男人。

那日惊蛰。蛰伏了一个漫长冬天的玛瑙川，这个时候终于开始抖动羽翼，抽新芽，吐鹅黄，小心翼翼扭动裙裾，肆意发挥起春天的魅力。空气中浮动泥土的芬芳，桃花杏枝含苞待放，小燕子盘旋在四角天空，仿佛啄一块云朵的绵。连那泥土中冬眠的小虫子也春心萌动，开始辟土孵卵，筑巢修穴了。春天，是所有繁荣与故事的开端。

石油勘探队的巨型大铁车开进来，沿着玛瑙山的弯道盘旋而下，轰隆隆——轰隆隆，如声声滚雷碾过天际。人们赶紧爬上山嘴去看，那些蜿蜒而来的车子像一只只庞大的甲壳虫，顶着漆黑发亮的触角，急冲冲而来。天气依然寒冷，人们把身上的棉袄往紧裹了裹，朝硷畔上干枯的酸枣枝擤了把凉风鼻涕，都跑到河滩里，看热闹去了。

不多久，全川的人都聚集在河滩里，将那几个庞然大物团团围住，村主任站在人群中央，似乎在向大家解释什么。山嘴上，高高的，只剩下琬桃一个人，她穿着桃红色小袄袄，站在山嘴冷风口瑟瑟发抖。我悄悄走到她身旁，看见她的眼睫毛层层叠叠低垂下来，遮住眼睑，像只忧伤的燕子。

"为啥不去看热闹，大家都去了。"我问她。

她把被风吹乱的几根发丝放进嘴里漫不经心地拉扯，嘴唇被拉出一道浅浅的印痕。仿佛突然想起什么似的，她说了句："我不喜欢看热闹，我恨这些外面跑来的热闹，也讨厌这些外面跑来的人。"

琬桃与我同岁，却比我娇弱地多。她似乎天生娇身柔骨，一张脸皙白如纸，却独独那嘴唇红若樱桃。只单单那样看着，她是一只黛青色风筝，风一吹就要随风走，仿佛那身子根本不承担任何重量。村里人说，琬桃长着一双勾人魂的丹凤眼，只朝那些男人们瞅一瞅，男人的魂儿就要上天了。琬桃有个外号，叫"猴桃桃"。"猴"这个字在玛瑙川人的意识中具有多重寓意，但用在女人或女娃子身上，一般只向一个意思靠拢，便是说她"骚浪""骚情""妖气""不知天高地厚""活泼过头且作死作活"，这其中有几分贬义,又带着几分宽容与宠溺。反正琬桃天生是个骚浪胚,她"猴"起来是无人能及的。

我一直喜欢和嫉妒琬桃的名字,觉得她的名字充满诗意,听起来那么柔美,对于一个女孩子,这样的名字再合适不过了。我还专门用字典查了她的名字,字典上说,琬,一种上端浑圆而无棱角的玉。这个我能理解,因玛瑙川世代盛产美玉,所以川里人取名都带"玉"字。琬桃说她生在阳春三月,桃花遍野,所以取名桃,她爸妈是没什么文化的,名字是装了三碗荞麦面,托川里知识渊博的镂玳外爷取的。那就不足为奇了,镂玳外爷儿时念过私塾,动荡年代给人做过秘书,如今是龙王庙里的掌事,他德高望重,学富五车,取个佳名于他来说当然轻若弹灰。我的名字也是镂玳外爷取的,可我不喜欢我的名字,龙珊,多硬气啊,像个男娃的名字。

河滩里的人越涌越多,我也拉着琬桃朝河滩跑去。

那些人跟那些机器,是来玛瑙川掘石油的。主任说,城里的卫星勘测器对整个董志塬进行了大面积勘测,卫星显示我们玛瑙川可能有丰富的石油储备,这要是真挖出了石油,我们全川人都富了啊,这是好事对不对?多少人求还求不来呢。

川里的长辈们不同意,胡子花白的镂玳外爷拄着枴棍站出来说,这玛瑙川,世世代代出玉石,即使如今美玉殚竭,丰饶不再,但你们睁眼看看,我们的川底流着藏绿色的玛瑙河，河畔是千年老根的杜梨树，树后矗着巍峨不屈的玛瑙山，山前是与日月同辉的宝塔土箭，土箭旁还供着黑水龙王庙。这布局，是我们的先人参照星斗，根据风水选址而居。千百年来，虽说没给玛瑙川的子孙带来大富大贵，但也让我们丰衣足食，安宁康乐啊。你们看近百年来，抗日战争，国内战争，三大改造，"文革"，知青下乡……多少大风大浪过去了，我们玛瑙川却像世外桃源一样，始终不为风雨所动，安宁地过着我们的日子。我们这是托老祖宗的福哪，如今机器卡车开到我们的家门口，要掘我们的土地，挖我们的祖坟，这是破坏风水的事情呀。地皮一破，必是祸事连连，不信你们看着吧。他气得将枴棍在地上连连敲击。

村主任赶紧跑过去扶住镂玳外爷的腰，"我知道您老学问深厚，知识广博，但这事儿您的确是想多啦。上边儿只是估摸着我们这里有石油，但是真的有没有，还不一定呢，勘探队这次来，也只是来探测的，并没有说要真的挖石油。再说了——"他朝后面的人群抬起头，"如果勘探队真的在我们这里驻扎下来，工程实施期间，肯定能为我们村里提供很多劳动机会，这每一天，都是会付白花花票子的！"

"真的吗？主任——"听到赚钱的机会，很多年轻力壮的男人朝村主任靠拢。

后来，局势分成了两大派，老人和一些妇女大多赞成镂玳外爷，女人们平时总是拜神，她们不想石油大钻毁了她们的龙王庙。而男人和娃娃们大都支持村主任，男人们想赚钱给媳妇儿花，娃娃们想看看那些庞然大物运作起来的时候是个什么样子。于是，玛瑙川从这一天开始有了矛盾和裂隙，甚至搞得一家人，都不在一个锅里捞面；一对夫妻，也不在一个炕上睡觉。

探勘队经过两天测量，将探测井打在村大队的院里。他们说，村委会这个地方对于勘测的地理位置最佳，地处全川腹部，地势平坦，地基稳固，有利于大型机器运作，且离河滩垂直距离不远，适宜深入地下岩石层和石油储备层。于是村主任爬上旗杆，将村大队院里的大喇叭摘了下来，将办公室那些蒙尘的文件装进包里，带回家办公去了。至此，村大队的院子，完全成了玛瑙川的石油勘测基地。

琬桃的家就在大队院的上边。玛瑙川的窑洞都是依山而掘，层次错落。寒春时节里，琬桃每日穿着紧身小袄袄经过大队院，看见那些全身黧黑的男人们光着膀子在机器轰鸣之间穿梭，仿佛钢铁就是那漆黑男人，男人就是那漆黑钢铁，是谁也分不清楚谁的。

2

我的家乡，每年都有一个特别的节日。谷雨那天，树上要张贴禁五毒的黄表，人们要下河沐浴洗澡。我不知这个风俗在西北大地上流传了多久，在玛瑙川，却是亘古如一日,恒常如新地上演着。镂玳外爷有个条形的檀香木大印,往印面上涂层墨汁,往黄表纸上一摁,那上面便出现了神鸡捉蝎,飞鹰驱蛇的图案,刻绘栩栩如生,最为娃娃们喜爱。儿时,每到了谷雨那天清晨,我便要与琬桃一起去镂玳外爷那里领一沓谷雨帖,各家各户去分发。村里的人们领到谷雨帖,用面粉和点儿糨糊,用筷子蘸着糊在自家门口的大槐树上。镂玳外爷告诉我和琬桃说,谷雨之后,天气转暖,万物复苏,五毒睡醒了也要折腾人,糟蹋庄稼,门口贴上这黄表符,蛇蝎蜈蚣便不敢进门了。

那天照例也要下河洗澡。在窑洞的火炕上蜷缩了一个冬天的人们,身体早已干燥成一片沙漠,小虱子们每每在沙漠边缘泛滥,穿梭于棉被与人们的胳肢窝之间。春日降临,那饥渴的每寸皮肤都在呼唤水的滋润,女人们最为期待这天的焕然新生,仿佛她们的胴体是土做的,再不用水黏一黏就要散掉了。人们将谷雨那日玛瑙河的河水叫作桃花水,说洗了桃花浴,可以禳灾避邪,五毒不侵。话虽这样说,其实女人们头天晚上早已躲在窑掌里脱光衣服将身体上下洗了个遍,以防在第二天河中沐浴时真的被谁从后背上搓下一卷儿垢痂来,那就真真的,要丢破脸皮了。

玛瑙河边有棵千年杜梨树,枝叶葳蕤,绿荫如蔽,河水正好绕着这树流进来,形成一个"凹"字型,水流平缓,不深不浅,成为女人们的最佳沐浴场。小时候,我与琬桃经常一起下河,我俩穿同样的水粉色小衫,小心翼翼

桃花浴/157

叠了放在岸边的花丛里,手拉手下河去。河里的女人们早已掬水嬉作一团,绿簪舅母与巧兰舅母笑我和琬桃是连体娃娃。一次,我跟琬桃溜进果园子,衣襟里揽了许多桃花杏花的花瓣去河滩。将那些花瓣儿散落水中,仿佛将一个个破碎的蝴蝶翅膀坠落镜中。那次,女人们兴奋极了,变成一条条欢喜的鱼,来来回回绕着花瓣水扑腾,润芽儿舅母甚至解开奶罩,给我们观赏了她高如白羊的乳房。

后来,渐渐长成少女的我们极不情愿跟着那些浪女人们一起混,但是没办法,洗桃花浴的地方总共就两处,女人们在杜梨树下,男人们在土箭塔下,各占领地,互不侵犯,这已是多年来形成的习俗。

"没有第三个地方可以洗,除非你是个不男不女的阴阳人——"女人们笑声滔天。

后来,每到谷雨那天,我跟琬桃总是找借口很晚来到河边,衣服也不脱,跳下河去匆匆淋湿了便上岸。谁想跟那些大嘴巴女人们一起洗澡啊!每次离开时,她们总要在背后喊一声,"哎哟,咋那么快就洗好了,猴桃桃,你给俄们看看,奶头是不是又长大了,啊——"

这世界上很多事情都是让人无能为力的,比如你无法阻挡黑夜的降临,亦如你无法堵塞女人们的嘴巴。

一切的悲剧或许就是从那天谷雨节开始的,后来我想,如果没有那天的桃花浴,琬桃最后会不会变成一片破碎的、蝴蝶翅膀一样的桃花瓣。

那天，琬桃来到河边时，天上落着蒙蒙细雨，河水冰凉，但女人们洗得很欢乐，没有谁因为流水寒彻而上岸。反正这河水总是流动着的，流动的河水带走了一切污垢、肮脏、谎言、罪恶、秘密，就像这黄昏时分的浴场，到了第二天清晨，人们依然会挑着铁桶下河汲水，清凉的初晨，一切都会重新变得洁净。

但那日，她们却不允许琬桃下河。她们光腿立在河中，用湿布捂住胸口，质问琬桃：

"桃桃，你说，你是不是跟掘油队的那个男娃好上了？那些人是我们的仇人你不知道？你看他们天天用大机器钻我们的地，那地底下的水哗哗哗哗成天往外流，总有一天，玛瑙川的土地要给钻出个洞哩，下面没有了水，这河也干咧，地也干咧，庄稼也死咧，到时候你拿啥洗澡，你在石油河里洗吧……"绿簪舅母义愤填膺，几乎要扑上去将琬桃撕了，一激动，身上的布掉下来，整个光身子把大家的眼睛塞满。"哎哟——你个死人，你不看看你那肥臕样儿，赶紧捂住，你还以为你是桃桃样儿的十六岁白萝卜哪！"巧兰舅母抓了湿布丢过去，河里顿时又喧哗一片。

"不要下来了，这儿洗澡的都是些乱哄哄的乡下女人和不懂事的瓜娃娃，俄们看你还是去后河滩洗吧，那些钻井的男人不是成天在那儿洗澡嘛，你就去那儿好了，省得我们这些婆娘脏了你的身子——"

我看见琬桃眼中噙满了泪，嘴唇紧紧咬住，看着河中，不说一句话。"桃桃,你别听她们的,你下来。"我起身,正要去拉桃桃下来跟我一块儿洗,却被外奶奶一把拉住了,"你不要管,你好好一个学生娃儿,成天跟着桃桃混啥,你不看桃桃那是啥人,你小心你外爷捶你——"我被外奶奶紧紧摁住手腕,动弹不得。

琬桃转身走了,她重新穿上脱下的鞋子,站起身,头也不回地朝后河滩的方向去了。

"桃桃,你先别走啊,你告诉婶婶——"润芽儿舅母把嗓子扯得很长:"钻油井那男娃,家伙是不是跟那钻机一样,又长又硬,好使得很?"河中瞬时又绽开了一波大笑,绿簪舅母戳润芽儿舅母的腰,"咋了,你还想试试?"

雨幕如丝,轻轻浅浅从半空中飘下来。我看见琬桃就那样沿着河岸一直走下去,越走越小,最后变成一个红点,闪烁了几下,消失不见了。

3

这段时间,到底发生了什么事,我不清楚。我去了平原上的中学念书,初三住校,学业紧,好几周才回来一次。舅母们七嘴八舌地告诉我说:"琬桃恋爱啦,跟勘测队的一个男娃!"她们总是在每个黄昏降落的时刻,看见琬桃跟勘测队的一个男娃肩并肩走在河堤上,笑声不时划破凌波,层层叠叠荡漾而来,听着让人刺耳。有时又跟好几个男娃一起,半夜里躲在大队院里烧羊腿,喝酒,"你说那么一大群男人,醉了酒啥事干不出来呀,偏偏那桃桃又爱出风头,顶她喝得最多,好喝醉了给人家当下酒菜……镂玳爷子说那挖油井会破坏咱们川的风水,惹祸事,果然才几天,桃桃一个清白大姑娘,就要把自己毁在那上面了。"舅母们砸吧着嘴巴围坐在窑洞门口,绕着绣"绌绌"的红丝线做各种猜测。

我觉得一切都理所当然,琬桃本来就是那样性格开朗的人,爱玩儿,爱笑,猴得很,但我不相信她会做其他出格的事情。置于这个出格的事情到底是什么,其实我自己也说不清楚。

我与琬桃从小一起长大。山峁上一起放羊,编花环;沟渠里尿尿和泥巴,泥蛋蛋做成假蛋糕,插根苜蓿花儿在上面过家家;去隔壁家偷李子被发现,情急之下塞进裤裆里跑出来……可能是我们俩都没有母亲在身旁的缘故,所以我俩走得格外近。只是小学毕业后,琬桃便没有再读书,她留在家里,给她父亲与哥哥做饭,而我去了平原上的中学读初中。为此,我总是替她心有不甘,每次我都质问她,"你爸你哥哥都是大活人,你不做饭他们饿不死,哪里需要最小的你来照顾他们?你不读书,将来想要干吗?嫁人吗?嫁人没有前途的。"不知道为什么,那个时候的我,脑海里就已经有这些奇奇怪怪的想法,总觉得男人根本不可靠。

她却根本听不进去,她说,"你学习好,会念书,将来当然会有前途,而我不一样,我妈走了,我们家需要有人照顾,再说我念书总也念不好,浪费我爸的钱。"她说这些话的时候,眼眶里闪动了几下晶莹的光芒,不过片刻就被她的笑声淹没了,她哈哈大笑着说,"念书有什么好玩儿的,我要嫁个好男人。"

"你太傻了——"我摇摇头,不知道接下来说什么好。

那天,我在山顶上碰见了琬桃,我去山上背外爷割的苜蓿,她闲着无聊上山来摘野莓子。小小的红莓子镶嵌在层层碧色藤蔓间,如一颗颗晶莹剔透的红玛瑙。我走过去,摘了颗最大最亮的莓子递给琬桃。

"桃桃,那天,对不起!我本来想拉你下来和我一起洗澡的,可是——"

"我知道——这不怪你。"她说。

"那,你跟那个男娃,到底是怎么回事,你真的跟他好了吗?"我抬头看着她。

她一下子恢复往日的活力,一双眼睛神采奕奕。我发现玛瑙川的女人们说得很对,琬桃身上似乎真的有一股"妖气",有了这股"妖气",琬桃才是琬桃,不是垂头丧气的一具游魂。

"我想让他带我走,他好像很喜欢我。"琬桃轻轻对我说,一张脸上同时布满了期待和不确定两种神色。

"带你走,为什么?去哪里,你要离开玛瑙川了吗?"

"他虽然只有二十岁,但他是个油井工人,他说他去过很多地方,以后还会去无数地方。我想跟着他,去找我妈,就算找不到,碰碰运气也好。"

我瞪大眼睛,"你不是一直恨你妈么,为啥还要去找她?"

"是啊,我恨她。就是因为我恨她,所以才要找到她,问问她为什么要抛下我,抛下我爸我哥和这个家。"我摘了一个莓子,抬起头,看见琬桃的眼泪扑簌簌落在脸上,她转头,把它们毫无声息抹掉了。

黄昏降落,晚霞铺满了整个玛瑙川的四角天空,火红的,像燃烧的烈焰。朦胧的光晕笼罩着我们的脸,我们在山岗上分手,各自回家。

4

我还记得那年春天,那是二〇〇二年,十岁的我还在读小学二年级,那年所有人的耳朵里突然响彻一个词,叫作"退耕还林",琬桃的母亲就是在那年春天出走的。

从山外来了一支队伍,他们带来了崭新的农具,新鲜的树苗和一袋袋树籽儿,队伍里全是颧骨黧红,面容沧桑的男人。村里大队连夜召开紧急动员会议,要求每家每户能动弹的劳动力全部上山,拔草,整地,培埫情,筑坑田,整块地要做成整整齐齐的凹型田字格,荒畔也要充分利用,少一亩一分都不行的,到时候大队会派专门人员进行测量,每家都要完成既定指标。村主任叼着一根卷烟接着说:"做好凹田后,大家啥都不用管了,植树队会上山给大家栽树。但是首先,咱要先安排好植树队人员的住宿和吃饭问题,经过综合考虑,村里把这个艰巨任务交给了几户人家,村里做饭好的女人可以留下来给植树队做饭,不用上山。大家一定要积极配合大队工作,也要照顾好千里迢迢赶来为我们种树的同志们,做好他们的后勤保障工作。'退耕还林'这个事情嘛,现在全国上下都在搞,政府是很重视的,我们也不能掉链子。"

我家被安排了十个人,住在后院一孔闲置的窑洞里。外奶奶将坡顶上四爷家的窑洞也打扫干净,让植树队的人住了进来。四爷一家在几年前就搬到兰州去了,窑洞久不住人有些坍塌,我跟外奶奶扫了好久,和泥将漏洞东补补西补补,总算也能住人。

夜晚,那些外地人总是很热闹,唱歌,打牌,抽烟,说不尽的笑话。我常常想溜进去看看他们在做什么,怎么跟过节似的。外奶奶勒令我不许踏入植树队的窑洞,说那里面都是男人和老鼠。我天生最怕老鼠,所以再不敢企图涉足那孔窑洞。

慧琴舅母和外奶奶被留下来给植树队做饭,不用上山挖坑。那段时间,每天慧琴舅母总是很早来到我家,跟外奶奶一起蒸馍馍,擀长面,做好饭后再用大铁盆端到四爷家院子里去,那是植树队的集合地。一天晌午,慧琴舅母又来做饭，看见了在门边玩耍的我，她向我伸手说："小龙珊，来呀，跟我去四爷窑里去。"我看看她，她丰厚的嘴唇里绽放着一个让人感觉熟烂了的笑，卷曲黑发扎在脑后，脸蛋上打了两团红红的胭脂，我有些不习惯，没给她伸出我的手，只是走到她跟前，点点头，极不情愿地跟她上了坡。那是我第一次走进那些外地人的窑洞，竟然格外的整齐，铺盖们整整齐齐排在地上，地上也看不出有老鼠窜过的痕迹。我数了数，有十床被子。第十个铺盖的墙壁上，不知用什么东西刻了一个字，我凑过去趴在墙上看了半天，原来是个"琴"字，对，弹琴的"琴"字，上课时老师教过的。

"舅母，你看，这里刻了个'琴'字，是你刻的吗？"

慧琴的脸突然变得好红，不知是不是胭脂失效的缘故。"啥字——琴——那不是我刻的喽，我又不识字。"她突然又笑了，背过身去"嗤嗤"地笑了。

一个月后，植树队的人走了，慧琴舅母也不见了。

大家都说，慧琴跟着植树队一个光头男人跑了，慧琴每次打饭时，都要朝那个男人笑，还总是给那个男人碗里多舀一勺臊子。

慧琴舅母就是琬桃的妈妈，那段日子，琬桃的眼睛哭成两颗桃子，摇摇晃晃走在路上，逢到问她妈还回不回来的人，她便说："跑就跑了，她爱回来不回来！"可有次她偷偷告诉我说,她很想她的妈妈回来,她想她。

她的爸爸,雕玮舅舅提着个铁锹在村里乱窜,时不时爬上山顶看一看,他边走边叫骂:"你个臭婆娘,你有本事就不要再回来,你要是再回来我就打断你的腿,扒了你的皮,叫你成天地骚情。"

川里人都说,其实是雕玮舅舅打跑了慧琴舅母。他总是打她,成天都打,用火棍、笤帚、锄头、皮鞭打她,有时黄昏,有时清晨,有时半夜,有时晌午,不分昼夜,不管寒暑,时不时他家就想起了慧琴舅母撕心裂肺的哭声。大家听着心慌,都去劝架,可谁都劝不住,谁也不知他为啥打她,去拉架的人还要挨几下无缘无故的鞭子,久而久之,大家都司空见惯了,也懒得去劝。慧琴舅母也总是很扛揍,刚刚被捶完,一会儿又打扮得花花绿绿出门来了,然后站在山嘴上的人堆里,向大家描述她挨打的经过。渐渐的,大家都说慧琴是自作自受,她的"骚"是她挨打的主要原因。

也有人说,雕玮舅舅打老婆是因为他妹妹彩莹,彩莹虽然出嫁了,但家庭不幸福,常常跑来娘家避难,慧琴当然不高兴家里平白无故又多出个女人,一个婆婆都够她遭罪,于是常常搞得鸡犬不宁。

我一直没敢告诉琬桃,慧琴舅母跟那个男人的私奔是否跟我认出的那个字有关。我至今也没弄清楚,住在第十个床铺的植树工人,是不是带她妈妈走的那个男人?

5

秋天结束的时候,石油勘测队也没从玛瑙川的地底下探测出石油来,而黄土高原上的冬季就要到了,大地将要冻结,道路将要冰封,于是,勘探队准备撤离玛瑙川,不再做徒伤悲的挖地功。

某天清晨,人们发现,大队院里冒黑烟的大机器不见了,只剩下裹着泥巴的琐碎零件扔在院中,大家都去院里捡铁。那正好是个周末,小表弟拉着我去捡个铁轱辘给他玩儿。那院子里真的什么都没有了,除了一片黑色的废墟,甚至连棵草都没留下。

琬桃突然也出现在山坡上,远远地看着这里。我不知道那个男娃最后为什么没带琬桃走,但我知道琬桃一定很伤心。我最终还是没有走上去安慰一下她,或许是因为怕被人说闲话,或许是因为,我怕我理解不了此时难过的她。

隔天晚上,琬桃突然来找我,敲了我家的大门,却并不走进来。

"你进来呀,我们在看电视,你也来一起看。"我拉她,她不动。

"怎么了,桃桃——"

"龙珊,你出来一下好不好?"她抬起头,祈求的眼睛里仿佛布满了整个春夏的河水。

我轻轻关上大门,跟她走出去,一直走到没有灯光照耀的麦垛后面去。

"你咋了?"我看见她的脸上有被抓过的痕迹,似一条血口子,长长的,一直延伸到脖颈上去。

"龙珊——"她突然哗一声哭出声来,一屁股倒在麦垛脚下。

"这是谁干的?"我问她。

"是,是我哥——"

"他打你了?"我没想到琨琨哥是这样的人,她平时对村里的每个女孩都那么好,没想到竟然会打自己的妹妹,我握紧拳头,简直气得要把自家麦秆垛点炸。

"不是,他不是打我,他,他——"琬桃的眼泪糊了满脸,她用手一抹,紧紧咬住嘴唇细声说:"他问我不是要跟着那个石油娃跑吗,怎么被人抛弃了?他还威胁我说,这辈子不要想逃脱他的手掌心。"

那次,我给琬桃出了个主意,让她离开那个家,去到外面的世界去。可以去打工,去洗碗,端盘子,发传单都行,不要再留着这个家里受虐待。"可以去芜城,芜城那么大,随便干个活儿也能养活自己,也不容易给你哥找到。打工之余,你可以再学点儿手艺,有本领走遍天下都不怕,你以后,总是要靠自己的,不能再轻易相信任何男人。"

琬桃拼命点头。

我将那学期攒下来准备买课外书的钱借给了琬桃,又给她制定了一些初步计划,告诉她,要去城南或者城西,这两个地方不繁华,你哥哥找不到你,但这两个地方有许多高级饭店,你比较容易找到工作。我妈在城里开家具店,我虽不跟她住在一起,但假期也常常去看她,因此对芜城的情况也了解一些。

给琬桃的这些主意,那一刻确实发自我肺腑。但后来,我又常常因此自责,是否是我将她推上了一条漫无边际的逃亡道路。

6

我考上了芜城的高中,琬桃也在芜城打工。我只知道她在城南,具体哪个位置,也不清楚。后来我买了手机,却不知为何,一直没有她的手机号。

有次周末,跟几个艺术生同学去钱柜K歌,碰到了她。她在里面推销啤酒,化着浓妆,睫毛密长。那双丹凤眼,画了细长眼线,越发勾人魂魄。她认出我来,提着酒篮匆忙躲出去了。

"琬桃——"我在走廊里叫住她。

她转回身,朝我笑笑,"我想,你们都还是学生,一定不需要啤酒,我就出来了。"

我把手插进裤兜,感觉不自然,又掏出来。周围都是咆哮的歌声,混杂,嘈乱,仿佛一锅煮沸的粥。"最近怎样,你,感觉好久没见了,你过年也没回家……"我嗫嚅着,挤出几句话。

"过年上班工资高,我就没回去,过完年回去了一趟,你不在,她们说你已经开学了。恭喜你呀,考上了这么好的高中。"

"我——这没啥。你什么时候来这里上班的?"

"服务员,啤酒呢——"我那个喜欢Lady Gaga的男同学出现在包厢门口。

我们只好停止话题,走进了灯光摇曳的包间。"来来,龙珊,这是专门为你点的歌,即使你那嗓门儿超破,你也要为我们来一首。"

我还想再同琬桃说几句话,可是等唱完那首歌,已经发现她不见了,走廊里也没有。我跑到吧台去问,前台小姐说她已经离开了。问是否知道她的电话号码,可她们说她不是这里的正式员工,只是推销酒水的临时工,没有她的联系方式。自那之后就再没有在芜城碰见过她了,不知道是不是她刻意躲着我的缘故。后来听说她去了西安,还是做酒店服务员。我一直想找机会告诉她,我们都一样,还很年轻,应该再学个东西,美容也好,美发也好,做菜也好,销售也好,提升个人能力极重要,总做服务业太辛苦,也没什么出路。可这些话,竟然一直找不到机会再同她说。

后来再见到她,已是三年后的夏天。我高中毕业,在芜城一家火锅店打暑假工,同时等待大学录取通知书。我考得不好,被数学极大拉低了分数,因此总感觉被录取的希望不大。于是,那个夏天,总是变得让人阴郁和忧伤,也不知道未来的道路在哪里,也不知道通往梦想该往哪处使力,唯一能做的,就是拼命干活,好赢得那个四川老板的信任和赞赏,为自己赢得一点点暂时的勇气和尊严。

某天上午,我正在洗玻璃杯,接到一个电话,是表姐的,她说琬桃要订婚了,就在东门一家酒店,让我能请到假的话一起去喝喜酒,外爷也从玛瑙川上来了,可以去看看外爷。

我在街道旁的水果摊上买了几斤大红桃,绕了许多弯,才找到表姐电话里说的那家酒店。即使是订婚,我以为会有个仪式,会交换戒指,会有蛋糕,琬桃会打扮得漂漂亮亮,没想到只是摆了几桌酒席,大家吃吃喝喝而已。琬桃走出来的时候,也极为朴素,穿着平时穿的衣裳,超短裤,蕾丝半袖,淡妆,亦没有过多的装饰,朴素到让人感觉这个订婚就是她小时候玩的过家家酒。可是无论如何,她要结婚了。

我跟外爷坐一桌,外爷拼命给我夹菜,说我平日打工,吃不好。我说外爷,我可是在饭店打工呢,怎么会吃不好。"那火锅店都是地沟油,你以为吃得好呢?"我大笑,我的外爷好先进,这川底里的老头子,连地沟油都知道。难道我们今天吃的这酒店就不是地沟油了吗?我感觉这也高级不到哪里去。

琬桃走过来敬酒，身旁站着即将成为她丈夫的那个男人。可是怎么看，那都还是个没有长大的男孩子，何以成为一个女人的丈夫？

那男孩瘦瘦小小，头发张扬地飞在脑袋上，额前刘海垂下来几乎遮住眼睛，我一看就不喜欢，他配不上琬桃，我知道。可是他们要结婚了。我不知道琬桃是否真的爱他，我也没问。爱与不爱很重要，但婚姻就是答案。

"人家这男娃，家里有几套房呢，你别看人家瘦得跟柴棍儿似的，他爸有钱，家里条件好。"绿簪舅母凑过头来对我们说着，嘴里"啧啧——啧啧"，把羡慕至极的口气团团喷出来，眼睛骨碌碌转两下，"你说这琬桃，当年给石油队的人肚子都搞大了，过了个三四年，人家又是一个好女子，该嫁人嫁人，该生娃生娃。是不？人，还是得看命——"

"你胡说啥呢？"坐在旁边的琨琨哥突然朝绿簪舅母颓丧地咆哮了一声，"好个锤子——"他仰起头，把面前的一杯烧酒一饮而尽，没有看向任何人，但眼中漾着泪花。我想起几年前的那个夜晚，他对她妹妹做过的事情，这泪水，在此刻，是否是一种姗姗来迟的忏悔和救赎？还是其他我无法猜测到的原因。

那天，酒席进行到一半，我喝了几杯酒，就借口有事匆匆逃了。酒店门口有一条长长的巷子，我走在那石板上，有种恍惚感。总感觉有什么东西在发生裂变，不知不觉的，毫无挽回余地的变化着,并且一步步吞噬了我们周围的世界。

那天下午,我向老板请假没去上班,在员工宿舍,独自蒙在被子里塞着耳机睡了个天昏地暗。

7

时光是一片流云,有时你看得见它,有时你被困在雨中,但它总是要飞驰而去的。那个夏天结束的时候,我得偿所愿来到南方读书,从此专注于一个自由的、飞翔的新世界,很少回到玛瑙川,也很少听到关于琬桃的消息。

大一那年暑假我回老家,外爷告诉我说,琬桃将去年的婚事退了,跟另一个男娃好上了。这男娃与前面她订过亲的男娃是好朋友。但这个男娃很穷,也没什么本事,在酒店后堂做学徒,家是山里的,比玛瑙川还落后,"耕地还要靠牛耕呢,你说这猴桃桃跑到那穷沟沟里做啥?"

没过多久,听说她就与那山沟沟男娃结婚了,婚后去了浙江一带打工。

后来有一天,突然有个陌生人加我微信,备注里面写着"桃桃"。我惊喜异常,问她最近好吗?问她婚姻生活是怎样的感受?她打出来一行字:婚姻就是生活,没什么特别的感受。她说她有女儿了,取名叫环环,好听吗?我打了一串大笑的表情给她,说历史上有个极有名的女人小名也叫环环,后来做了蓬莱岛的仙人。她说你们文化人就是讲究多,她就是感觉这名字好听,听起来像一对玉镯相撞击的声音。她发她女儿的照片给我看,还在襁褓中的小孩,小小的俊俏的脸蛋儿,看得出来,眼睛像极了她的母亲。

我大学毕业后,和谈了三四年的男友分手,去凉山彝族少数民族地区支教,后来又重新回到广州,找工作,搬房子,谈新的恋爱。生活马不停蹄地往前赶,我们都是满腿泥巴被生活裹挟的路人,来不及拯救自己,也做不了别人的上帝。这中间,我从琬桃的朋友圈得知,她的婆婆出了车祸,过世了,她不得不从江南打工的地方回到黄土高原上那个小村庄,养育她的孩子,照顾她年迈的公公。那段时间,我感觉她的境况很低迷,朋友圈总是发一些心情沉重的话语。记得有次,她发了一条朋友圈说:这辈子,我有两个妈妈,她们是我在这世上最爱的人。可是上天不公平,它让一个妈妈在年少时就离开我,又让一个妈妈在我拥抱到幸福的时刻带走了她。

那个时候,我所能做的,就是隔着屏幕宽慰她几句,说些节哀顺变、生活依然值得去爱等无关痛痒的话。

渐渐的,她朋友圈里发的东西越发沉重,消极,她说爱情欺骗了她,婚姻欺骗了她,海誓山盟欺骗了她,她的男人就是欺骗本身。她仿佛一片乌云,黑暗阴霾笼罩自己的同时,也慢慢吞噬了我的天空。我对她这种漫无边际的苦痛早已麻木，于是干脆将她朋友圈屏蔽。我跟她不一样，我的幸福不挂靠于任何人身上，我要自己创造我的生活。

再听到琬桃消息，是在打回玛瑙川的一个电话里面，绿簪舅母兴冲冲地告诉我说：

"桃桃离婚了，你知道不？"

"啊——"我只发出一个感叹词，似乎这样的结局让人意外，似乎又在预料当中。

"那半吊子女婿还劈腿了，找别的女人，桃桃要离婚，男方还不愿意，孩子也扣着不给！桃桃半夜跑回去，把孩子偷走啦！你说这桃桃——强不强！"电话里，绿簪舅母说得很大声。

听到这句话的时候，我正在石牌桥挤下班的地铁。地铁限行，我被无数的身子与无数的大腿携挟着往前走，我想起了慧琴舅母——桃桃的妈妈，想起她丰厚的嘴唇里和熟烂了的笑，不知她如今在哪里？生活过得怎么样？

8

夏天结束的时候，我向公司请假，回了一趟老家。玛瑙川的黄昏还是那么美，玫瑰色的晚霞匍匐在河面上，仿若梦境。我沿着河边散步，儿时许多事情就在水面上跳舞。

走到那棵老杜梨树旁的时候，我看到了琬桃。

"桃桃，你也回来啦——"我走到她旁边，坐在一垛冰草上。

她转头,朝我笑:"哟,咱们的大学生回来哩!"还是那张瘦削而白皙的脸,可丹凤眼里那摄人魂魄的神采,似乎消声遁迹,寻不见了。她女儿环环扑腾在水中,被她脱得光溜溜,像只小鸭子荡在水上。

"我离婚了。"她说。

"我知道,绿簪舅母在电话里告诉我了。"

"你知道为什么离婚吗?"我别过脸,看着河对岸的那棵千年老树。

"你老公——他——"

"龙珊,我给你讲个故事吧。"琬桃又低头看河中光影变幻的流水,"你还记得我彩莹小姑吗?就是我爸的妹妹,后来嫁人了还经常来我们家。"

"我当然记得,小时候还经常一起下河洗衣裳,长大后却再也没见过了。"

"她原来不是我爸的亲妹妹,她是我奶奶捡来的。我奶奶说她年轻时,有年正月二十去崆峒山赶庙会,在路边看到一个婴儿,用花棉被紧紧裹着,她等了半天,也不见娃娃父母,估计因为是个女娃,被人遗弃了。她就把她抱回来,想着将来给我爸做个童养媳也好啊。我爸特别喜欢她,从小就觉着长大后一定会娶我小姑。可是后来,十五六年之后吧,我小姑的亲生父母找到家里来,带走了我小姑,给了我奶奶一笔钱,说可以给我爸娶媳妇用。那家人好像很有钱的样子，不给是不行的，他们说当年只是把孩子弄丢了，并没有想要抛弃她。如果不给，就要打官司，我奶奶听到打官司，头皮都麻了，哪里还敢抗争，再说人家毕竟是血缘至亲。彩莹小姑被带走的当天晚上，我爸就在门板上撞破了脑袋，要跟我奶奶拼命。后来我奶奶被闹腾地不行，就张罗给他取个媳妇儿定心，后来就娶了我妈，有了我哥跟我。"

"原来你们家还有这么一段故事，怪不得彩莹小姑在你家的时候，你爸老是打你妈。唉——我现在终于明白镂耷外爷经常说的那句话，世事无常，命由天定。在命运面前，我们弱小地连根蒿子都不如。"

"哼哼——"琬桃苦笑了声，"不，我不信命。当年，我妈要是多忍耐忍耐，不要丢下我独自跟别人跑了，我的一生，就不会这么不幸福。"

"你妈也是人啊，她也有权利追求自己的幸福，你爸根本不爱她，她在你们家找不到幸福感，所以才会跟别人走的吧。"我试图从另一个角度，来缓解这种伤痕。

"那她走的时候，干吗不掐死我再走！"琬桃哭了，泪水缓缓淌过脸颊，滴到了玛瑙河里。"我不想做我妈妈的影子，我也不想我女儿做我的影子。"琬桃站起身，脱光衣服，转回身对我说："要不要下河洗个澡？还记得不，那年谷雨节，你们都在这棵杜梨树下洗桃花浴，只有我一个人下不了河。我沿着这条河一直往前走，走了一路，哭了

桃花浴 / *177*

一路。"

我想起那一幕,天洒着小雨,琬桃转身的样子让人心碎。那天我不该让她一个人走的,我为什么没有跳上岸去陪她一起。于是,我也将自己剥光,下了河。

水中的琬桃像一条晶莹的鱼,欢快的,自由的,游来游去。夕阳的波光层层倾洒下来,像片蝴蝶翅膀一样的桃花瓣儿漂浮水上。她突然转回头,笑着对我说:"龙珊,跟你说个事儿,那天从他们家逃出来,我想起我的孩子又要跟我小时候一样,过那种没有妈的生活,太孤独了。那晚我甚至有个可怕的想法,把孩子偷出来——掐死,再不受那罪,所以我才半夜又跑回去把孩子抱走了,哈哈——"她仰身大笑起来。

"怎么会有这种想法呢?"我训斥她,"没什么难关过不了,孩子是自己的。"

"是啊,你说我糊涂吧,抱出来就舍不得了,下不了手啊!"

旋即,她又像一条鱼儿那样,甩着尾巴,拍打着水声游到河中去了,她的小女儿紧紧跟着她,拽着她的手指,她把她举起来,像鼓起一双翅膀,把女儿举得很高很高。我听到了她们的笑声,那是放肆而自由的笑声,那笑声盖过了玛瑙川的整片苍穹,把玫瑰色晚霞震得扑簌簌掉落下来。

去南方

爹爹，我早该杀了你，我还没动手你就死去。
所以我从来不清楚。你住在哪里，到过何处。

——西尔维娅·普拉斯《爹爹》

1

夜晚，兰州火车站。你穿着一身玫粉色运动衣，背一个蓝色书包。两种颜色都有些洗得发白了，立在人群中，褪色的身影如一只孤单瘦削的红苕。人来人往，灯火通明，你不知该往哪里去。这时，一个男人朝你走来，手里举着一块牌子。

"看电影吗？"他问，"一小时两块，10块包场过夜。"

"一个晚上，10块钱吗？"你望着他，对这个夜晚忽然生出一点希望。

"10块。10块。"那人朝你肯定地点点头。

于是你跟着他走了。关于看电影,你脑海中想到的是,大大的电影院,红色舒适的椅子,很多人坐在一起,大荧幕上播放欢乐感人精彩绝伦的故事。你想到的是,暖和,人多,安全,便宜。可当他带着你横跨过整个车站广场,钻进一截地下电梯时,从地底下发出的愈发浓重的那种幽深、潮湿、伴随着某种腐臭味道的气息钻入鼻腔进入你身体时,你知道自己被骗了。

你从没进过电影院,但在电视上看过,真正的电影院肯定不是这个样子。那个男人带着你,走下一段深深的楼梯,拐进几扇铁门,掀开一串绿色塑料门帘,把你引进一个类似洞穴的地下影院里。灯光昏暗,你看不清四周的样子,只能隐约看出这是一个半椭圆形空间,正中间一张方桌上摆着一台旧电视机,上面播放着80年代的香港武侠片。空地上摆着两张红色沙发。你就立在沙发前,看到左右两边墙壁上紧闭着几扇圆形小门,上面挂着的花布帘图案神秘莫测。那里应该是独立的小房间。

"加5块",男人指指圆形小门说,"可以在那里面,个人独立影院。"

你摇摇头,拒绝了。男人指指沙发,让你坐下去。他转身掀开门帘走出去,应该是去拉客了。你本想喊住他,问一问,为何整个影院里没有其他人,或者让他把钱退给你。但你没有这样做,你知道放进别人口袋的钱是要不回来的。这是在城里,住酒店或旅馆,一晚上至少得一百块。而你身上所有钱加起来只有 396 块,坐班车从河州城来兰州城花了 90 块,路上买了一桶康师傅方便面加一根火腿肠花了 4 块,10 块钱给了刚才那个男人。得省着花,这些钱是出门前奶奶给的,拢共给了五百。

"找到你爸,要学费,喊你爸回家。"

你已经整整四年没有见过他了。你小心翼翼坐在那张红布沙发上,把包放进怀里,紧紧抱着。电视机里的武侠片比你年纪还大,那些人说着你听不懂的话,像纸片人一样在屏幕上跳来跳去。你认不出那是金庸或者古龙的哪一个故事。一股潮湿、黏稠的腥味隔着单薄的运动裤噬咬你的皮肤。你能感觉到,那些气味像看不见的爬虫一样争先恐后往你身体里钻。两边四扇圆形拱门上挂着的花布帘像四只野兽的眼睛,黑暗里紧紧凝视着你。你感觉到害怕,心怦怦跳着,但你尽量不让自己往害怕里头去想,眼睛盯着电视屏幕,上面有两个人拿着剑在一片竹林里飞来飞去。你努力让自己专注于剧情,但没办法,屏幕上忽然滚出的一颗蘸血的人头加深了你的恐惧。你把目光移开,周围看不到一个人。

你不知道他到底在哪里?同村回家的万喜叔说,看到爸在兰州城打工,在一处工地上盖楼。他有时也往家里打电话,有时半年一次,有时一年也不打一次。你和奶奶不止一次想过主动打给他,但他的电话总是换得很快,这次明明通了电话的那个号码，下次再打，不是停机就是变成了空号。万喜叔抄给你一个电话号码，前几天，终于打通了。

电话里，你对他说：

"爸，我能来兰州找你吗？"

"能啊，你来嘛。"

你忘了问他具体的地址，他也没有告诉你。你以为到了兰州，找盖楼的地方就能找到他，但你没想到，兰州城到处都在盖楼，每个盖楼的人都穿着发荧光的黄色马甲，戴着安全头盔，你根本不知道哪个人是他，而他的电话也一直接不通。一想起他，你左手腕绑着绒带的那块地方，就开始隐隐地疼。

有些瞌睡了。你说服自己平静下来，把书包放在沙发右端，顺着它斜躺下来，头枕在上面。腿有些长了，你把它们蜷缩起来，轻轻收拢进另一端沙发里。疲乏与恐惧是两只恶魔，它们同时钻进你左右两边眼睛里，叫你提心吊胆地入睡。那些武打和穿梭竹林的飞翔仍在屏幕上继续，半睡半醒间，你听到身后有人，窸窸窣窣的响动，挪动椅子的摩擦声。你连呼吸都不敢动，绷直身体倾听身后动静。不一会儿，身后响起了巨大的酣睡声。你坐起身来，看到身后靠墙的地方，两张椅子拼接在一起，一个衣着混乱的男人睡在上面。应该是一个流浪汉。他看起来已经睡着了，而且没什么攻击性。你稍稍放下心来。再次躺下的时候，你再也睡不着，那些从地底下逃窜出来的潮湿气味如纤细的绳子，一根根勒着你的四肢和脖颈，一秒钟一秒钟，使你呼吸困难。左手腕的疼痛亦在加剧，你开始恨他。

你放弃了，站起身，挎起背包，绕过沙发和那个熟睡中的流浪汉往门口奔去，穿过绿色塑料门帘的时候，你才看清，那边墙壁里有一扇小窗，窗户上镶嵌着一片方形玻璃，玻璃框里，一张肥胖滚圆的脸，一双笔直的眼睛正在看着你。你分不清是男是女。那人对你点点头，但并没有开口说话。

2

你在一家火锅店找到一份服务员的工作，包吃包住，一个月700块。那个肚子像皮球，头皮上没有一根头发的四川老板抬头看着你，说，如果干得好，一个月还有50块全勤奖、50块额外奖。你点点头，同意了。

一个年纪与你差不多大的女孩领着你，去员工宿舍放行李。你们横穿过一条酒吧街，一座菜市场，拐进一条小巷，走到尽头，再往左拐，往里走就到了。房子看起来是城中村的样子，五层小楼层层叠叠挨在一起，阳光被挡在外面。你住的地方在三楼，一间大屋子，里面靠墙放着四张高低床，住着六个女孩，你是第七个。

"有一个前两天刚走了，回老家结婚去了。"那个女孩说。

每张床的下铺都有人了,你挑选了靠近窗户那张床的上铺——那上面堆满了行李箱、花花绿绿的衣服和化妆品。你看着那些堆积如山的物品,一时不知道该怎么办。幸亏那个女孩站出来了,她伸手摇着那张床的铁架,地面发出刺耳的刮擦声。

"谁的东西都拿走,不要就扔了!"

一个正在抽烟的女孩走过来,她踮着脚,把那些东西够下来,抱在怀里,转身扔到了另一张无人的床铺上。她刚刚洗过头发,睡裙吊带在收拾东西过程中滑落下来,露出半边胸脯,发出刺眼的雪白的光。你挪开目光,装作什么都没看见。每张床的外面都挂着一张布帘子,床前的铁架上挂着清洗过的底裤,黑的,粉的,紫的,碎花的。粉色的那两条上面有血迹,没有洗干净。

那个带你去宿舍的女孩叫娜娜,她成了你的师傅,帮你快速熟悉店里的工作:牢记各类菜品、酒水和茶水;擦桌子、拖地、洗杯子、摆盘、等待上客;客人到来后点菜、上菜、添茶倒酒、加汤、加菜、处理各种应急事务;客人买单离开后再以最快速度撤桌、换桌布、擦洗转盘,将桌面还原成客人到来之前的样子……这些似乎都没什么难的,你很快就适应了,并且成了店里最勤快灵活的女服务员。

在等待中,这个夏天的大半就在火锅底料萦绕不去的味道中度过了。那个光头老板很赏识你,暗示你好好干,一两年后,你或许就能成为这家分店的大堂经理。你没告诉任何人,你在这座城市不会逗留很久,你只是来寻找父亲的。你想找他拿五千块钱,那是上卫校的学费。你的很多同学都去了那里读书,说出来后可以进医院上班,成为一名白衣天使。

3

七月末的一天晚上,他出现了。起初你并没有认出他。他们一伙人乌泱乌泱走进来,堵在门口,接着上了二楼的包间。你因为表现好,已经从一楼大厅调到二楼看包间了。

来客了。你瞄了一眼,上来七个男人,两个女人,进了"洪崖洞"。你右手拿菜单、左手持茶壶走进去。这时,椅子上一个男人立起身,喊:"龙龙——龙龙——你看谁来了?"

是万喜叔。他转身拉另一个男人的胳膊,"瞅瞅,是不是你女子——没骗你吧!"

然后他站了起来,你的左手腕开始疼痛,勒紧。他穿一件皮夹克,皮夹克左袖口和右胸处分别有一个明显的洞,不知是不是香烟烫出来的。此刻,他的嘴里就噙着一根香烟。他把烟从嘴里取出来,夹在手指间,望着你,嘴唇动了动,却没有说话,没有喊你的名字。你感觉左手腕那块地方在纠扯,撕裂。茶壶里有水溢出,洒在地上。你本来想问他们，要鸳鸯锅还是红汤锅？苦荞茶还是菊花茶？但喉咙里发不出一点声音。你转身走出来，关上门。走到"峨眉山"娜娜那里去，求她，你们两个可不可以换一下包厢？她同意了，接过菜单走了进去。

其实你并不想见他。每次面对他，你左手腕那块地方仿佛有刀刃在上面剐蹭，一刀一刀，连皮儿带肉。刚才那个人是他吗？你几乎认不出他来了，但那高高的颧骨，颧骨上裸露的两抹红色，那眼睛，鼻梁，高大的身影，是他没错。是爸爸。

你跑进一间没有客人的包间，靠墙立着，头贴在花纹绚丽的墙纸上，感觉自己的心脏在身体里紧缩成一只椰子，被一只粗糙的手紧紧捏着，一点一点，往下拽。

娜娜出来了，说那桌客人点了红汤锅，一箱青岛纯生，两瓶西凤酒。"厉害啊，这么好的客，怎么想起跟我换？"你知道娜娜的意思，她说的是酒水提成。每瓶纯生的啤酒瓶盖可以兑换一块钱，每瓶西凤酒十块。

"没什么，我就是突然——紧张，他们人多。"

"紧张啥，"娜娜说，她拍拍胸脯，"有师傅在呢。"

你站在"峨眉山"门口，胆战心惊，想着他或许随时会从对面走出来，喊你的名字。但是没有。那边隔着门，在喊服务员，娜娜跑过去了。你紧张得揪住红色绸缎工作服，又低头摆弄着黑布绣花围裙，他们喊服务员，或许是在喊你进去，或者喊娜娜，是为了叫你进去。那么多人，你该怎么张口呢……胡思乱想着，娜娜出来了，手里提着一个红色塑料袋，递给你。

"什么？"你问。

"让拿去厨房洗一洗，他们自己带的。"

"不是不能外带吗？"

"他们一定要啊，有什么办法。"她翻了一个白眼，把东西递给你，你提着，去了后堂。

后堂火光熏天，白雾缭绕，火锅汤底的辣味流窜在各个角落，男孩们光着胳膊，嘴里叼着烟，忙碌着，嬉笑打闹着。看见你过来，后堂杀鱼的男孩周凯走过来，问你做什么。你把那个红色塑料袋递给了他，央他帮你洗一下。你知道他喜欢你，每天上午在店门口集体做早操的时候你便知道了。他的目光像影子一样跟着你转。但你知道自己不会喜欢他的，你怎么会喜欢一个杀鱼的呢。

一会，他出来了，递给你一个铁盘，里面盛着鲜红的肉块，已经清洗干净。

"谢谢啊！"你朝他笑了笑。

"客气啥！"他一只手挠着头，又说，"狗肉啊，你包厢的？"

"狗肉？"你看着他。

"是啊，我看肉准得很。"他得意地瞅着你。

你把那盘东西端回去，递给娜娜，胸口里有什么东西在上下涌动。你转身往洗手间走去，强忍着不让自己吐出来。

4

你记得他的鞭子,提在手中,双目燃烧,雷神一样朝那棵古槐树走过去。

被吊绑在树身上的大狗黑子,许是听到皮鞭穿过空气的声音越来越近,开始放声狂吠,嚎叫的声音震荡着整个玛瑙川的山谷。那狂嚎继而变成"嗷嗷"的低叫,你知道,那是它在求饶。你不顾祖母的怀抱阻拦,从门楼里冲出去,望见山嘴上父亲的背影,以及后腿被倒绑在槐树上的黑子。它那么雄壮,那么庞大,倒挂起来的身体几乎和树身一样长了。

第一声鞭子甩起来的时候,响声穿过整个玛瑙川山谷,带来虎啸般的风声。那声音如同一支闪电击中了你。你的身子如筛糠般颤抖起来,大叫一声,晕倒了。

在梦里,你看到祖母和旁边看热闹的几个女人匆忙跑过来,许多双混乱的脚碰在一起,许多双纠缠不清的胳膊撞在一起,你柔软的身体被拥着抱起来,进了院子,跨进门槛放在一张炕上。有人端来一碗清水在你嘴边,有人往你额头敷上热毛巾,有人拍你的胸口揉你的肚子……你立在炕边看着这混乱的场景,转身走出窑门,穿过院子,依旧立在那棵槐树下,看着父亲的背影。他的鞭子扬起,落下,一声又一声,落在黑子的身体上。它的嚎叫声里掺着血,一滴一滴,一股一股,从那血肉模糊的皮毛上落下来。渐渐地,嚎叫声也听不见了,只剩下血的飞溅,落了他一脸一身,衣服、鞋子和整个手腕上都是血,黑子的血。你想走过去,抱住他的腿,夺下他的鞭子,但你发觉自己无论怎么努力,都挪不动脚步。你只能眼睁睁看着,他从晌午鞭打到黄昏,到太阳落山,夕阳薄薄地铺在对面山峁上,那些喧叫着看热闹的人终于也看不下去,逐渐散开,嚷嚷着,差不多行了。太阳打了个颤儿,咯噔一下,滑下山头不见了。他终于停下,手中的皮鞭已血肉滞重,而槐树上的大狗,已看不见一丝皮毛,光溜溜血淋淋地挂在半空中。他转身,望着人群说:

"我用鞭子给这畜生剥了皮,看它再咬活人。"

傍晚,你醒来。院里热闹异常,火焰猎猎的一口大铁锅上,煮着沸腾的肉。大家喧闹着,推来搡去,从锅中舀汤、食肉。有人高喊:"男人吃狗肉,长本事;女人吃狗肉,生男娃。大补,大补!"人群中炸开了一串笑声。每个人脸上都挂着笑。父亲坐在人群里,红着脸与几个男人划拳。

祖母走过来,端给你一碗汤。"趁热喝,补补。"她说。

你打翻了瓷碗,转身跑出门去,上了坡,踩着纷乱的月光躲进一间柴窑里。

你想起他不在家的许许多多夜晚,想起母亲的离去,想起黑子日复一日伴在你左右,想起它朝你吐舌头摇尾巴的样子……黑暗中,你在玉米秆堆里摸索到一根树枝,或许是梨木的,或许是桃木的,不清楚,你用它划破了自己的左手腕。月光映照下,看着那鲜红色的血液冒着泡泡往外涌,竟感觉不到一丝疼痛。身子蜷缩在麦秆堆里,睡眠再一次覆盖在你身上。

醒来时,你的左手腕伤口处绑着一条红色绒带。祖母担忧的眼睛里挤出一丝笑容,说,是你爸找到你,把你抱回炕上的。父亲立在炕边,用瞪过黑子的那双眼睛瞪着你,说:

"瓜女子,二杆子这哩嘛!再胡逞看我不把你腿打断!"

你爬起炕,撕开那红色绒布,把伤口狠命剐蹭在砖石炕沿上,血一下子流出来,炕沿上留下黏稠的痕迹。

"打死我!"你说。

祖母赶忙过来制止,抱住你,一只手抓着你的左腕,用布包上去,哭叫着,"傻女子,你爸这样做不都是为了你嘛,见了人血的狼狗,不能留。那大狗成天和你在一块,保不齐哪天急了咬你一口。"

"我宁愿让黑子咬死——"

你看见他摇了下头,转身走出门去,木门被摔得噼啪响。那之后的整整四年里,他再未回过家。

5

将近午夜,"洪崖洞"的客人终于吃饱喝足,要散场了。"峨眉山"的客人也吃完了,两拨人一齐走出来,挤在包间门口,寻找下楼的狭窄楼梯。有人喝醉了,搭着另一个人的肩摇摇晃晃。有人双手紧紧握着另外一只手,在人群里对那只手点头哈腰。有人趁机去了一趟洗手间放水,走出门来,两只手在腰间整理皮带,喊着:没醉,咱换个场子继续喝。

这勾肩搭背、熙熙攘攘的场景你已经看习惯了,空气里都是酒精和食物在胃里发酵后呕吐物的味道。你立在茶水桌旁边,装作在收拾桌面,眼睛瞥着"洪崖洞"里走出来的一双双脚。

那两个女人出来了,一瘦一胖。瘦女人红色高跟鞋,红裙,一头黑色长直发,就餐后口红隐约残留着。胖女人穿一双黑色高跟鞋,黑色丝袜,短裙,卷发。那卷发下埋伏着一双手,父亲被搀扶着往外走。他看见你时推开了她,身子直直站立,摇晃着朝你走来。这么多年过去了,他的身边还是和以前一样,女人不断。

万喜叔抢先一步走过来,挡在面前。

他问:"龙龙啊,刚才去哪儿了,咋逮不着你人,你爸还出来找你一趟,不见人。"

"噢——"你回答:"我上班,看别的包厢呢。"

一只大手出现,落在万喜叔肩上。"那我先下去了啊,你们谝。"万喜叔说着抽身离开。那胖女人嚷嚷着:"等一下嘛,我去下厕所。"

"你躲啥?"他盯着你,手里夹着一支烟。

"没躲。"你把点菜单拿在手里,又放下。

"来兰州干啥?不好好念书。"

你想说,没学费咋念?但说出口的话变成了"打工,挣钱。"你感觉自己说话时,牙齿使了很大的力气,以便让那几个字发音清晰。

客人走空,两个包厢已经开始撤桌,服务生端着残余的汤锅从你们面前穿过,盘子收进塑料筐中的声音,筷子落在地上的声音,酒杯在清水中碰撞的声音,洗洁精泛起泡沫的声音。娜娜的声音响起来:"龙珊——你要收拾哪一个,'洪崖洞'还是'峨眉山'?"

"好——来了。"你拉开抽屉,拿出一叠干抹布。

胖女人出来了,她搀住他的胳膊,往外走。

"好好干!"他留下这句话,转身去寻找楼梯。你没有跟下去。

你开始收拾"洪崖洞"的卫生。娜娜说,这间包厢里有一股怪味,她不想收拾,你来吧。你脑子里空空的,什么都没有想,双手习惯性快速运作起来,将那满目疮痍的一房间废墟重新打扫干净,各归其位,焕然如新。一楼服务员送上来一张小纸条，写在点餐本上，是一个电话号码。你正在擦杯子，两只酒杯连续掉在地上，碎了。这两只酒杯，会从你工资里扣去。

第二天上班，早饭时，保洁阿姨从二楼下来，戴塑胶手套的橙色手指上提着一条轻薄之物，她停在楼梯半截处，问："哪个把丝袜脱在男卫生间了？男卫生间咋个会有黑色丝袜？"

所有人不约而同把头转向你。你埋下头，喝碗里的南瓜粥。

6

黑子被送来的那天是个夏夜，那天刚好是你八岁生日。它全身漆黑如墨，只额头上一点白，只有半大，毛茸茸的。父亲走进门，掀开外套襟子掏出了它，用一只手举在胸前，示意你。你跑过去，把它抱在怀里。它沉甸甸的，吱吱叫着，头埋进你臂弯里。

"谢谢爸！"

你好高兴，抱着它，跑到案板底下找到一只精巧的藤编小笼，把里面土豆倒出来，在炕灶里抓了些柔软的麦草铺进去，又翻开祖母的针线筐，找到一块红色绒布垫在上面。这便是它的窝窝了，你为它做的。你给它取名"小黑"——"黑子"是它长大之后的名字。后来它的体型愈加庞大，威武，小名已不适合它。那几天，你沉浸在梦幻般的幸福中，原来爸爸记得你的生日，还特意为你准备了生日礼物。

后来你发觉，这或许只是一个误会。那天父亲又开着他的皮卡车去附近村庄转悠，一晚上，收获好几条大狗。这条小狗，不过是一只母狗携带的"赠品"。他们把它迷晕，抬上车，小狗在窝里汪汪乱叫。为了防止它吵醒这家主人，他随手将它捉走，放进外衣口袋里。而这天，刚好是你生日。

你的父亲不是一个好人。你从很小的时候便意识到了这件事。他将母亲打倒在灶火间，那双大脚踢在她衣衫单薄的肚子上，提着她头发，将她拉扯上坡，立在玛瑙川的山嘴上，推她，让她往下跳。下面是齐齐的断崖，崖面上长满酸枣树和刺荆。许多人走出窑门，站在院门外朝山嘴望过来，附近邻居赶过来，站在四周劝说他。而他似乎很享受这种被人注目的感觉，人群聚集得愈发臃肿的时候，他用他那双粗糙的大手使母亲的脸也肿胀起来。没有人真的走到跟前去劝阻。人们都知道，他是那种越拉打得越起劲儿的人，而且，他打的是自己媳妇。

夜里，你听见偏窑里父亲和母亲发出的怪叫声，母亲那痛苦至极又仿佛快乐至极的呻吟声里，夹杂着父亲的名字，"喜军——喜军——"父亲的声音就像在鞭打一头母牛，鞭子落下时开始训话，"要儿子——儿子——"

每每这时,祖母会将浑身颤抖的你揽入怀中,捂住你耳朵。

他去很多地方买来各种各样的狗,大如牛犊的,小如猫咪的,白色的,褐色的,灰色的,黑色的,他在院里的水床眼①前,搭起一口铁锅,将狗在旁边杀了,过一遍清水,扔进煮开的沸水中。母亲端着一只洋瓷碗,碗里是煮熟的狗肉。"吃狗肉,生儿子。"他瞪着她说。她必须将它们吃下去。吃不完的,他站在铁锅边,用牙齿将那些骨头上的肉撕扯干净。骨头堆在旁边土墙处,逐渐堆成一座小小的山。祖母看不下去,将那些骨头用铁锹铲进一只箩筐,抬到苹果园的崖边,倒进一口望不到底的灌眼里去。祖母还用一袋小麦,换了村里一个生过儿子的女人的胞衣,将它放在做饭的大铁锅里烙干,用擀面杖碾成粉,用烧开的生姜水冲了,让她喝。尽管那时你还小,但你就是知道,所有这些都是为了让母亲生一个儿子。你也很想要一个弟弟,他会像一条小狗一样跟在你屁股后面跑来跑去。

在你的记忆里,那几年,村里家家户户都有了电视机,院里安了接收电视信号的大铁锅,DVD里播放刀郎和周杰伦的歌曲。你开始念小学,村里许多同学的父亲都离开玛瑙川出门去打工,你父亲也不例外。他去城里做过很多小生意,倒卖碟片、卖牛仔裤、卖水果、卖灯泡、卖化

---

① 水床眼:方言,土墙边的排水口。

肥……无一例外都赔了。后来,他发现了一个赚快钱的门道,和朋友不知从哪里搞来一辆皮卡车,给车子喷油涂漆换了颜色,开着它出没于黄土高原的夜色。

这件事情并不难。村庄里的男人越来越少,村子越来越空,家家户户都养起了大狗,拴在自家门口护院。他在镇上一个外来摊贩的手里搞来一包迷药,将药塞进馍馍里,趁着暗夜,把车开得极轻极慢,溜到人家门楼附近,狗闻声而吠,他便把馍馍扔过去。狗吞了馍馍,仍吠,他们坐在车里远远地看着,只是等待。等那狗哼唧几声,片刻后全身瘫痪嘴角渗出浅浅血迹,他们便合力把失去知觉的狗扛上车去,再去下一家投药。如此循环,一晚上能弄十几条,赶天明拉到河州城几家肉馆子卖了,得的钱平分。

他们的盗狗目标只锁定在方圆百里其他的村庄,从来不在自己庄里动手。但时间久了,村村户户开始丢狗,入夜时有人看到他开着车在人家村头上转悠,也闻到他开回家的皮卡车里总有一股尿骚味,看到他无缘无故买了一辆崭新的摩托车,便知道这是怎么回事了。

村里的娃娃开始孤立你,不与你一起耍。学校里,也没人愿意和你坐一桌。他们说你是偷狗人的孩子,和你坐一起,自家狗也会被偷走卖到城里被人吃掉。你记得那一次,操场上玩丢沙包,所有孩子聚成一个大大的圆圈,你站在圆圈的中央,他们每人可以有一次机会,将沙包捡起,远远地抛过来掷在你身上。你是一个靶心。在这个游戏里,规定完成动作的同时,每人必须向你喊出一句话。

"你爸是偷狗的!"

"你爸是个二逑!"

"你是二逑的种!"

"你也是你爸偷的吧!"

"你是野种!"

"没人要!"

"你妈跟人跑了!"

"连黑子都是你爸偷来的,天天跟那狗后面,你张狂个啥!"

回家后,你把自己藏进柴窑里,直到天黑了才出来。母亲在知道父亲开始干不正经营生时,就离开这个家了。听说她是跟一个来村里贩卖东北大米的男人离开的。你多么希望她能将你一起带走,但是她没有。

没有人和你做朋友,只有那条狗。你上山放羊的时候,它陪着你赶羊,让那十二只绵羊的队伍走得比你们班早操时还整齐。你去河滩里洗衣服的时候,它躺在草丛里打滚,追赶一只蝴蝶。有次它扑进河中抓了一条蓝色的鱼,衔在口中走到面前递给你,你重新将鱼放回了水里。去山谷挖草药赚学费的时候,它在树林间跳来跳去,一会逮住一只野兔,一会叼来一只野鸡,你将它们一起卖给来村里收草药的生意人,卖野鸡野兔得到的钱竟然比你挖草药的还多。大河涨水,它前爪伏地,让你骑在它背上过河。傍晚放学时分,它总在校门口等你背着书包走出来,摇着扫帚般的尾巴,让你摸摸它的头。村里男娃在破窑洞里煮青蛙吃,他们把你挡在窑门口,想让你也尝尝,你不肯,他们把你压倒在柴草堆,一条肥硕的青蛙腿往你嘴里塞。这时黑子出现,挡在窑门口的亮光处长啸一声,风一般扑进来,他们惊呼着跳开,不得不松手放了你。

邻居虎子哥一直想要跟你换黑子,他愿意出十块钱,或者更多。但你不愿意。

后来,全村的娃娃便开始朝你和你的黑子丢石头,说它是你爸爸偷来的,你和你爸偷来的狗待在一起。有一件事,你永远无法原谅自己,曾经你也朝黑子扔过石头。那时它不到两岁,刚刚长成,开始显现它威风凛凛的种种本领。那时你也只有十岁。那是你第一次听到旁人说,它是被偷来的,也是你第一次意识到这不是爸爸送你的生日礼物。那天黄昏,在河滩里,两岸杨树林里吹奏哗哗的风声,圆滚滚的落日浮在河面上,一晃一晃,碎了,又圆了。你站在树林里,朝黑子扔石头,教它离开你,走得越远越好,你再也不想看见它,不想看见父亲,所有人都不愿理你,你讨厌这一切。

你在此岸,它在对岸。它蹲在一块石头上,直直地望着你,想走过来,又不敢。

第一块石头,打在了水面上,水花溅了它一脸,它吓得跳起,叫了两声。

第二块石头，打在了它肚子上。你朝它喊，叫，让它滚开。

第三块石头，打在它前爪，你朝它咆哮。它举起那只被打中的爪子，嘤嘤呜咽着，望着你，眼睛里有泪水。你无法再忍受，闭起眼睛，将脚下的一堆石头胡乱扔过去。你听见水面被砸碎的声音，像一张绚丽崭新的绸布被一双大手反复撕开。河面的落日不见了，天黑下去，它终于转身离去。你哭着往家走去，一路上，看见的每一件事物都失魂落魄，垂首立在黑暗里，发出呜呜的哭声。你把自己捂在被窝里哭了一夜。第二天清晨起来，走出门，发现它卧在院门外的墙根下，看见你，兴奋地跑过来，摇起它那扫帚似的尾巴，埋首蹭着你的腿、你的肚子、你的手。看着它跛跄受伤的前爪，你不能原谅自己，在你心里，你变成了和父亲一样的人。一个坏人。

7

每年夏天结束的最后一天，是你生日。这天，你下班，换了工作服走出门去，看见他站在火锅店门口，手里拿着两瓶可乐。你愣了一下，心里某个已化成灰烬的火堆重燃了一下，短短地，只一刹。左手腕绒带下，那块地方突突地跳着。他将其中一瓶可乐递给你。

"你怎么来了？"

"来看看你。"

你们一起走进一家牛肉面馆,吃了两碗拉面。临走时,你付了钱。接着,他问要不要去黄河边走走,晚上的中山桥很热闹的。你犹豫了一下,点头同意了。或许,他给你准备了礼物。或许,他是记得的。一直都记得的。

铁桥上挂着五彩斑斓的灯笼,过年一样,游人如织。桥上风很大,有人站在桥头拍照。他问你要不要拍,你摇头。但他坚持让你站过去,你便走过去站在刚才有人拍照的地方,直直地站着,两只手忽然不知道该往哪里放,只好左手食指掐在右手拇指和食指之间,放在小腹上。他端着手机站在另一端,让你换了几个姿势,拍了好几张,似乎都不满意。你装作没有捕捉到那划过眼神的片刻失望,转身混入人潮里,不愿再拍了。

对岸的白塔发出耀眼灼人的光辉,两岸霓虹闪烁,辉煌如梦。你在那梦境般的黄河岸边,踩着石头,和他走了一段路。江水在你们左边哗哗地流着,清越的水声盖过街边所有车水马龙的喧嚣声。变得好安静,你想说点什么,又不知怎样开口。从小到大,你似乎已经习惯了他所带来的这种特殊气流。只要他出现,周围就会变得窒息起来,你们什么话都没有说,空气已经不够用了。

"在那工作还顺利吗?"他终于开口了。

"嗯。"

"你妈,给你打过电话没?"他竟然还记得母亲,你摇摇头，你已经不记得她的样子了。

"她再婚了。"他接着说，"生了一儿一女。"

你不知道该说什么，她终于有一个儿子了，不是他的儿子。

"你奶，身体咋样？"他停下来，望着水面上一艘做成船只的巨大房子的倒影。

"好着哩，就是腿疼，下雨的时候。"

你想，接下来他就会问到你，问你怎么样，高中毕业了有什么打算，去哪里读书？你的学费够吗？你在等他问出来。但他走到旁边一个新疆人摆的小摊上，买了一把羊肉串，递给你一根。你捏在手里，孜然和辣椒面在烤熟的羊肉上滋滋作响。

他问你要不要去他住的地方看看，在北郊新区那里。你点点头，或许他给你准备的学费在住处，而且你也想看看他工作和生活的环境到底什么样子，为何好几年不回家。你们在路边等车，坐上一辆公交车，公车开了一个多小时，你在座位上睡着了。到站下车，"碧桂园"的巨幅广告牌覆盖了公交站台和附近一切打着亮光的地方。你们走过一段空旷的土路，幢幢林立的还在修建中的高楼张着黑黢黢的大口，仿佛要吞噬点什么进去。转过一个岔路口，进入一条小巷，灯光忽然斑驳炫亮起来。你们走过了一家商店、拉面馆、棋牌室、亮着橘黄色灯光的发廊、水果店，再走过一段长着杂草的浅滩，走进一排蓝色轻钢搭建的简易活动板房里，推开门，一个光着膀子的男人躺在其中一张床上，手里捏着一把扑克牌。你立在门口，没有走进去。

"他们呢？"父亲问。

"金色时代洗脚去了，你没去？"

"我没有。我看我女子去了。"他转身对你说，"进来啊，傻站着干啥？"

"这你闺女？"那人翻身坐起来，盯着你看，"乖得很，多大了？"

"十八九了吧，来兰州打工。我想着，让阿翠给另寻个工作，离得近，也有个照应，火锅店端盘子有啥前途？"

你不知道阿翠是谁，但在这一瞬之间，你明白了这一切。明白了生日和学费，在他心里，或许永远不曾存在过这件事。他根本不记得你今年几岁。你感觉到左手腕的异样，那里仿佛有许多条虫子在里面爬，一口一口啃噬着你的血肉。你大笑一声，对那人说，"叔，我今年十七了。火锅店打工，挺好的！我也长大了，不需要旁人照顾。"他看了你一眼，你瞪着他，右手使劲捂住另一只手腕。你想起儿时把这只手腕剐在炕沿上的那种声音，你看到黑子被倒挂在槐树上，有血在流。

那人或许感觉到了空气中紧绷的气氛。找了个借口出去了。屋里你剩下你们两个人。摆了一圈的高低铺，倒在地上的啤酒瓶、烟头、踩瘪的烟盒、方便面袋子、矿泉水瓶、安全帽、衣物、袜子、晾在一辆自行车上的内裤、塞在墙角的漏了气的充气娃娃,她睁着无辜的一双大眼睛望着你,你吓了一跳,急忙转头,他坐在床铺上抽烟,你看见了隔帘里墙壁上贴着的裸体女人……房间里垃圾场般的味道熏着你的头和眼睛,你挪了几步,站在门口处,右手拇指摁在疼痛发痒的地方,狠狠捏着。你害怕自己忽然晕过去,就像小时候那样。

"你万喜叔说,你想去上卫校。上卫校没前途。"他摇着头,"我见得多了,那里面都是些混日子的,男娃打架,女娃没几天就被搞大肚子,没几个正儿八经学习的,进里面干啥去?"

"那干啥有前途?"

"干啥?干啥都比上卫校有前途!"他忽然将烟头扔在地上,一脚踩灭,双手撑在膝盖上,呼呼地喘着粗气。那条绒带越勒越紧。你将整个手掌覆上去,压住那里。你害怕血管突然爆破,那里面有奇怪的东西爬出来。

你们的交谈以失败告终。他让你换一份工资高点的工作,你拒绝了。你想问问他四年前把黑子绑在槐树上的那个黄昏,他有没有想过你,你就站在他身后,看着他一鞭一鞭下去,直到黑子血肉模糊。那个画面至今还在你的梦里,每一夜。在那一刻,你真真切切地想过,要亲手杀死他。或者,让他打死你。

8

后堂杀鱼的那个男孩周凯给你发信息,说在公园门口等你。

你穿了裙子,脸上搽了BB霜,画了浅蓝色眼影、涂了睫毛膏、淡淡的口红,去见他。他看到你的时候,眼睛里仿佛有许多星星被刹那间点亮。这些都是你最近两个月跟店里那些女孩学到的。化妆品并不贵,发了工资,娜娜带你去一家两元店,你们买了一堆回来,对着挂在宿舍床头的小镜子学习化妆技巧。公园广场上有人在滑旱冰,有人卖氢气球,他买了一个公主形状的送给你,绑在你的左边手腕上。他问你,这里怎么了?你没有回答。你想跟他谈谈大黑,谈谈小时候的故事。但你最终什么都没有说。在那个遥远年代,那个蛮荒的小山村,人们只知道一条狗咬了人,像看热闹一样去观看一场酷刑。但没人去细查这条狗为何咬人。

人很多,广场上播放凤凰传奇的歌曲,你们逆着人流一圈圈散步。一辆五颜六色的卡车停在广场中央,许多人围过去看。你们也凑过去。

那辆卡车上播放着旋律神秘又陌生的异域音乐,车身上画满彩色条纹,各种动物,蛇身人像的美女。那个光着膀子皮肤黝黑的男人站在人群中央,把一条足有一根胳膊那么粗的花蛇绑在腰上,脚下还蛰伏着一条更加粗大的蟒蛇。两条蛇跟随音乐旋律的变幻做出不同的形状互动,引得人群中响起阵阵掌声。那赤膊男人伸出一只手,模仿蛇头状,去引逗两条蛇。巨蟒腾空而起露出蛇信的一刹,人群尖叫着后退。他就站在你左边,一下抓住了你的手。那一刻,你的手腕撕裂般痛了一下。

他送你回宿舍,在巷子的尽头,将你抵在一面墙上,吻住了你的嘴,手游到胸脯上来。仿佛你是一条鱼,他在寻找那些鳞片。

奇怪的是,你努力感受自己左腕的反应。没有任何反应。一点都没有,刚才那种撕裂般的疼痛不见了。你推开了他,确信自己并不爱他。在公园的刹那是个意外。

夜里,熄灯之后躺在床上,你思考这件事情。得出的结论是:你不爱他。如果你爱他,当他靠近的时候你的手腕便会以痛做出反应。读中学时,你暗恋班里一个男孩,每次当他走近,你左手腕的脉搏便会狂跳不已,如同夏日暴风雨来临前的天空,压得你喘不过气。这个秘密只有你自己知道。这条绒带下捆绑着的,是一条涌动着的爱的河流。

夜里,你开始做那个已重复了千百次的梦。

小学校长,那个又瘦又高的男人,在放学所有人都走完后,将你一个人留下来,背乘法口诀。他也是你的数学老师。那些口诀你明明早已背会了。校园里有一块大空地,种满了杏树和桃树，小树林周围种了一圈向日葵。初夏，那些向日葵刚刚开出一圈金色稚嫩的花朵，他给你一把镰刀，叫你去割下其中一颗向日葵的花头。你不明白为什么，明明还没有成熟，瓜子还没长出来呢。但是你不敢问，他是老师。你踮着脚，艰难地够下一朵葵花花头，左拧右扯，割了半天，终于割下一朵花头。旁边树枝几颗成熟的粉色桃子被你碰掉，落在地上，那致命的芳香吸引着你。你想捡起来咬一口，但是不敢。他站在身后，似乎看懂了你的意图，问你，想吃吗？你点点头。

捡起来，拿到厨窑去洗。他说。

校园的教室是两排整齐的砖瓦房。你抱着那颗向日葵的头颅，两边口袋里装着鲜嫩流汁的桃子，穿过两株大松树、穿过两排红砖教室、穿过红旗台，五星红旗在瓦蓝的天空中簌簌作响。你走进厨窑，里面光线很暗，你够不到灯线开关，但你知道水缸在那里，你走过去，马勺里舀出一瓢清水，将怀中的葵花头放在旁边水翁盖上。这时，你感觉身后一个巨大的阴影走近你，挨着你。你在清澈的水缸里看见了那张脸，还有那个赤裸裸的东西。几乎贴着你的脸。

"摸摸。"他说，把那东西伸到你面前。

你吓坏了，手中的桃子滚落在地，骨碌碌滚到了门槛边。门被掩起来了。

你的右手还在口袋里，紧紧抓着另一颗桃子，它破了，你的手指感觉到了。

"快点。"他说。

你抬起左手,指尖轻轻从上面划过。他长呻一声,你放声大哭起来。

你听到了刨门的声音,铁栓在推拉中碰撞的声音,那双大手伸进你衣服里寻找到你的声音,灶火间的麦秆被折断的声音,那颗桃子在身底下被压破的声音。黑子冲进来那一刻,你看见了外面靛蓝的天空,在这狭长的一瞬之间挤进来的浓稠的蓝里,你看见眼前无数棵巨树般耸立的向日葵,你顺着一棵想要爬上去。每次都失败,有人从下面抓住你脚踝,无论怎样挣扎,你都逃不开。

总是在这一刻,你醒来,浑身湿透。左腕传来一帧一帧清晰的疼痛。你曾多少次希望,这只是一场梦。

你感觉身下湿湿的,像睡在一条河上,把手从被子底下伸过去,触到那黏稠的河流,在宿舍床帘透进的微弱光线下,你看见手指上的血。一股腥甜的味道将你包围。你轻轻起身,将好几年前就准备好的那包卫生巾从包里拿出来,垫在身下。然后头捂在被子里,哭了。

宿舍里漆黑一片,女孩们都在熟睡,轻微的鼾声、磨牙和梦话的声音。也有手机 QQ 持续发出的"叮叮"声,有人在熬夜聊天。这一天,你等了太久。十三岁那年起,周围开始陆续有女孩儿聚在一起,私下讨论每个月那几天里翻来覆去的疼痛和裤子染红被男生发现的担忧,唯独你,无法插话,你只是点点头,皱起眉毛,装作和她们一样,很讨厌这东西的样子。但内心里,你多么盼望它能到来。你已经十七岁,你甚至不再对自己的身体抱有希望。

这一天清晨开始,你和其他女孩一样了,身子底下有一条红色的河流在涌动。你将和她们一样,健康,明媚,像从未受过伤害。

9

那个黄昏。父亲把黑子绑在门前一棵碗口粗的槐树上,手里捏着鞭子。周围密密麻麻站满了人。

"黑子怎么了?"有人问。

"咬人了。"

"谁?"

"校长啊,一条腿废了。"

"啊,这怕得赔不少钱。"

"赔个锤子,赔!——"你看见父亲的鞭子高高扬起,对面高高的山峦,一轮血阳落在山头,山谷里传来巨大的风声。这条狗死了,父亲就不用赔钱了。而校长也没有再追究。

10

你决定离开这里,去南方打工。你一个表姐在东莞上班,她说那里的钱很好赚。"念什么卫校,来这里,姐带你混。"你是在打电话向她借钱时改变了主意的。挂了电话,你乘公交车去火车站,买了一张九月的车票。你发信息给他,两天后他回你,说会来车站送你。

他走过来了。越过火车站广场海潮般汹涌的人头,你看见他,半花白的头发在风里摇曳,像一只筑在杨树梢的鸟窝,风一吹,乱糟糟的。

他就顶着那只鸟窝朝你走来,来来往往的行李箱绊着他的脚,使他的身子朝左边晃一下,右边闪一下,目光忽高忽低的,并没有在看你。你也把头别向另一边,假装自己还没看见他。你抬头端详那块方正建筑之上的"兰州"两个字。又转头去看广场中央那具"马踏飞燕"的雕像,马的姿态俊逸潇洒,四只飞奔的马蹄在空中腾跃而起,仿佛世间一切尽收它的蹄下。这匹马,让你想起了读书时语文课本上那些文言文。可你再也没机会读书了。

"这么急?"他来到你面前。

"嗯。"

"工作找好了吗?"

"表姐在那边,她说,在广东工作很好找的。"

他接过你手中的袋子，一同往进站口走去。你能闻到他身上的烟味、工地沙砾、胶水、电线、发廊女人，以及汗水和洗衣粉的混合味道。夏天结束了，空气里浮动初秋的清冷气息。你将运动外套的拉链往上拉了拉。

"冷吗？"他斜眼瞥了你一下。

"不冷。"你摇摇头。

"你等一下。"他忽然发现了什么，转身小跑出去，跑到一个卖水果的小车车前，指着那些水果。

"不要——"你说，声音细得进了风里，被轻易旋走了。你并不想要什么水果，太重了，带着不方便。

"龙龙——"他转身看了你一眼，招招手，那意思是在问，你想吃什么水果。

"爸，我不要。"左手腕隐隐地颤动起来，又开始疼。你捂住嘴巴，不说话了。你恨他，你在心里发过誓的，不再叫他爸爸。

他带回来一颗巨大的哈密瓜，一只透明塑料袋装着，提在手中。"路上吃，火车要坐好几天。新疆吐鲁番哈密瓜，南方没有。你看——"他将袋子撑开，举到你面前，"我让老板开了一刀，看看这瓜瓤的成色，保甜。"

你径直走进站去。将身份证和车票递给检票人员，书包，袋子和哈密瓜都放进安检机器，你张开手臂接受检查的时候，看见他趴在玻璃上，朝你招手。你将书包重新背回肩上，右手提着袋子，那里面是这个夏天你在这座城市里赚钱买的连衣裙和化妆品,左手提着那只沉甸甸的哈密瓜。你腾不出手朝他再见,也没朝他点头,转身藏进了人海中,直到再也看不见他。

乘电梯去登车口,你跟着人流,他们能带你找到该去的地方。绑着绒带的那块地方,一秒比一秒疼痛,仿佛有一个月牙形的刮刀,在将一颗土豆的皮片片剥去。临上车,你低头看了一眼,哈密瓜破了,汁水顺着透明袋内壁往下淌。你走过去,将它扔在一只垃圾桶盖上,转身上了车。

你的座位靠窗。火车发动的时候,透过玻璃窗,你看见那颗被摔成两半的哈密瓜,搁在一块方形的盒子上,像两半锯开的头颅。

你忽然想起一件事。那时,你还很小,而父亲也还年轻。他骑着一辆崭新的摩托车回家来,停在院门口,引擎掀起的巨大轰鸣声引来了一群围观的人。这是整个玛瑙川第一辆摩托车。人们好奇地打量着,摸摸车头,又拍拍后座,低头敲敲亮得发白的排烟管。父亲骑在摩托上,像个君王一样接受众人的注目。

"这铁马,真那么厉害,能上坡不?"

"咋不能?你瞧着——"父亲大声笑着,一条腿潇洒地跨上了摩托。这时,他看到了依偎在母亲怀中的你,手伸过来,摸了一把母亲的脸,让她把你放上来。

"想不想坐摩托?"他低下头,笑眯眯地问你。

"想——"你说。村里的娃娃也跟着一起喊,

"想——"

你在娃娃们羡慕的目光中坐上了那辆大红色的摩托车，父亲将你揽在胸前，教你，两只手紧紧抓住后视镜的铁杆杆，千万不能松开，知道了吗？你乖巧地点点头。他两只手撑开，伏在车把上，在打麦场上转了一圈，停在坡底，开始转动车把、踩油门。你感觉自己的两条胳膊，整个身子，整个摩托，整个玛瑙川都开始震动起来了。接着，你便在这种巨大的震动中冲上了那条长坡。在这个过程中，你感觉自己长出了一双翅膀，带着爸爸，带着那巨大的红色铁马，带着所有娃娃睁大的眼睛一起飞起来了。摔倒是在下一秒发生的。快冲到坡顶的时候，车子忽然断气，栽倒，你被甩出去老远，甩到沟渠一堆冰草上。而你感觉自己仍然在飞翔，在那飞翔的眩晕中，你看到母亲朝你奔来，看到父亲的摩托车带着父亲朝半坡滑下去，看到人群，齐齐地抬头，惊呼一声，那呼声忽而跌落，四散哇哇乱叫起来，朝你们奔过来。

泥土是松软的，所以你并没什么大碍。你被母亲抱在怀中，仍沉浸在那飞翔的眩晕中，忘记了哭。人群包围了父亲和他的摩托，他站起身，将摩托车扶起，左边胳膊受伤了，鲜红的血顺着臂膀往下淌。而他咧嘴笑着，说，没事，没事，擦伤而已，多大点事儿。

他走到你面前，将头蹭到你面前，问你："龙龙，你好着没？"

你这时才想起来疼,"哇"一下哭出声来。他笑了,将摩托车撑在半坡,将你抱过去,扔在半空,又接住。你在被举起的瞬间,看见湛蓝的天空,看见人们的笑脸,看见他一头柔软飘逸的长发,你咯咯笑了起来。

你不知道这件小事为何突然闯进了记忆中。你感觉浑身难受,恶心,有一种即将要胀裂的爆破感。那根绒带,绑得你喘不过气,你要将它解开。你站起身,穿过两位旅客的大腿,穿过长而拥挤的过道,径直往洗手间走去。关上门,一股发霉腐臭的味道混合着方便面的味道钻进鼻孔里来,可顾不上那么多了。你双眼通红,眼睛里噙着泪,用牙齿将那个结满血痂的带子一下撕开,右手拽着带子一端,把它往下扯。那红色的,缀满了一粒粒血肉的带子越拉越长,越拉越多,堆满了整个逼仄狭小的卫生间,仿佛永无尽头。窗外,火车正越过群山与平原,朝南方奔去。

写作是一种深度造梦
（后记）

1

当我还是个小女孩的时候,有一天黄昏,我和姊妹们在院子里跳绳,山上山下邻居家的几个女娃也和我们在一起。大人们都不在家。我们简直玩疯了,两个队伍比赛的数字不断往上攀升,院里院外都是我们震破天宇的嬉闹声。这时,我们听见,外祖母从门楼里走进来了,金黄色的夕阳被她厚厚的踩在脚下。她去城里逛庙会回来了！我们吓死了,这下肯定要挨打！这时才想起羊还没有放,牛草还没有割,炕还没有烧,水还没有抬。完了。我们各个像木头一样僵在原地。邻居家的几个小姐妹已经用眼睛扫描着情况准备随时往外溜了。

未能预料的是,外祖母走进门来,把手里的包包往地上一扔,说:"来,我试试——"我们木讷地将手中的麻绳递给她。那是用来捆苜蓿的绳子,绳子一端有一支木叉,捆草时可以巧妙地将绳子打结。外祖母便像一个小姑娘那样跳起绳来了。她身上的黑色长款呢绒大衣还没有脱,她脚上穿着一双方根皮鞋,渐变的深灰色,鞋头墨绿。她就穿着这样一双笨重的粗跟皮鞋在一群孩子的重重包围下跳起来,黄土飞扬,而她跳得那样快乐。我们拍着手,跳跃着帮她数数。拢共跳了二十几下,她停下来,一只手插着腰,朗声大笑,拍拍裤腿上的灰尘,说:"你们娃娃跳吧!"

还有一件小小的事。彼时,村庄里还未通电,炕槛上放着一盏昏暗的煤油灯。姐姐在写作业,我站在旁边,她的作文本被我展开在手中。我用一根手指点着那上面的字,一个字一个字地念过去。我并不知道那些字是什么意思,只是喜欢读,好像每一个字都长着一朵花或一棵草的样子,都可爱极了,都如此不同。这时,我听到外祖母在跟外祖父说话,他坐在炕沿,她立在地上。她捅捅他的腰,说:"你听,才念二年级,怎么五年级的字都认识,识这么多字了呀!连她姐的都会念了。"听到外祖母的话,我装作漫不经心地,更加卖力地读起那些字来了,遇到不认识的字,就胡诌一个读音诓过去。这时姐姐不乐意了,要回了她的作文本,一把塞进书包里。

每每想起这两个画面,我感觉自己内心的那条河流开始缓缓解冻。暖流涌动,春临大地,河流两岸繁花草木绵延千里。我的写作从此处伊始。

2

十八岁考上大学南下读书,离开了黄土高原,离开了儿时记忆中那个河谷村落。我带着强烈的好奇心与勃勃兴致去探索外面的世界。因为喜欢旅行,因为要赚学费,除了读书,我还去电子厂流水线上组装耳机,去酒店做服务员,去商场卖衣服,做家教,摆地摊,发传单,拨打推销电话,去做书店店员和制片人助理。大学期间,我也的确用这些赚来的钱加上一些稿费,顺利地读完了书,并且去了不少地方。我渐渐懂得,原来高原之外的人们是这样活着的。原来高原之外的女人们是这样活着的。一切都那样地不同甚至相悖。一切又仿佛相似地像从同一条车辙里碾出来的。

这篇集子里的小说,创作时间跨度长达八年。自我大学一年级寒假从深圳龙岗区一座电子厂回到学校,坐在宿舍的木桌上写下的第一篇小说,至现在,我已离开岭南,离开广州,来到山城一所高校里任教。写这些小说的时间,我从一名学生变成老师。写这些小说的时间,我用生命去深深爱过一个人,后来彼此分开。写这些小说的时间,住在故乡村落里的人们渐渐离开,有的去了城里,有的去了另一个世界,那里重新被大自然回收,重新出现了野狼和狐狸的踪迹。

唯一不变的,是这颗漂泊的心。我清楚地知道,自己无法归属于任何人,任何地域或任何阶级。我是高原的女儿,可那里无法再收留我。我进入城市和知识分子为列,可我知道自己是大海之上的一座孤岛,是岛屿之上的一匹野马。人们乘船出行,我渴望的是梦中草原。

写作是一种深度造梦。这篇集子里的每一个故事,都是梦境的碎片,我运用技巧、情感和对生而为人的思考,将它们一一重塑、交叠黏合,将每一个碎片放在它应该停留的位置上。我喜欢这种造梦方式,可以在自己建造的大陆上永无止境地漫游。

那块大陆的原型,是故乡。

3

这本书里所呈现的主要形象,多是女性。与男性相比,女性身上天生携带一种浓烈的戏剧性和悲剧性,是它们深深吸引着我。女性身上总有一种更接近大自然的原始生命力,而高原上的女人骨子里更是携带着一种蛮荒的野性力量,她们敢爱敢恨,勇敢无畏。我赞美这种野性,崇尚这种野性。文明社会的太多规矩和礼仪约束了女性的天性与直觉,将她们层层保护和包装起来,直到变得不再像她们自己。

那片大地上的历史,同时也是女性的受难史。她们在情爱的河流里流转沉浮，在乡村与城市边缘寻找归途，在运命与时代缝隙中挣扎抵抗，在男性所主导的世界里漫长跋涉，最终，被热爱和追寻着的一切所灼伤。如果生命的本质是苦痛，写作，有时就是在伤口上绣花。但我永远会记得那个黄昏，外祖母从铺满落日的山坡上走来，在一堆孩子中间跳跃，欢笑。这是写作的另一重使命，它提醒我们不要忘记。不要忘记生命里那些被美和希望缀满的瞬间。

4

时间是一条浩荡大河，我们沿河而行的同时也被它涤荡着和改变着。每个新的一天都是昨日自己的化身。虽是化身，但终究不是百般一样了。这些小说回头再看，仍有着许多青涩稚嫩的地方。年少轻狂，写完后从不修改。谢谢我的编辑思仪，是她饱含耐心，在长达几年时间里，一遍遍追问我最新的篇目，一再地确认某个方言词的意思，一起推敲情节，雕琢细节，甚至亦要帮忙修改错别字与标点。现在的我，在写作中遵奉修改的哲学。每每写完后，是要晾一晾、晒一晒，翻来覆去再改一改才可放心定稿的。还要谢谢我的母亲。于我而言，你始终如谜一样亲近，亦如谜一样遥远，谢谢你赐予我的一切。这本书，如果可以，我把它献给您。

今后长路迢迢，让这写作持续下去，并且葆有刀子的锋利和坚硬，携带蝴蝶翅膀那样的轻盈与自由。

黎子
2022.2.10. 重庆